JN240762

# 一筋縄ではいかない<br>年下イケメンの甘く過激な溺愛

# 一

人生で大事なものってなんだと思いますか。愛ですか、それともやりがいのある仕事ですか。

私、蔦夏凜——三十二歳——は、お金だと思います。


「いらっしゃいませ」

ここは繁華街にあるテナントビルの一階。この辺一帯を所有する大地主のオーナーが経営する、女性向けのセレクトショップだ。

対象年齢は三十代以上。海外でオーナーが買い付けてきた服や、あまり取り扱いがない知る人ぞ知るデザイナーのアパレルや装飾品、バッグや財布などの小物がずらりと並び、ショーケースを彩っている。

今日も元気に仕事に勤しんでいる私は、来店したお客様に笑顔で対応する。

「こちら、先日入荷したばかりのバッグです。牛革を使用し、職人が一点一点手作りしているので、どれも微妙に表情が違うんです」

牛革を丁寧になめしたハンドバッグは、形が一緒でも同じものは存在しないのだ。そして、この

「職人が一点一点手作り」といううたい文句に惹かれるお客様は多い。

「そうなの……？　なんだか、自分だけのものっていう特別感があっていいわね……!!」

この年配のお客様は、うちの常連さんだ。自分でエステ店を経営しており、ハイブランドよりもうちで扱うような一点物が好きだと言ってくれる。ありがたいことに新しい商品が入荷しましたとダイレクトメールを送付すると、いつもすぐに来店してくれるのだ。

実際に商品を手に取り、鏡で合わせている姿を笑顔で眺める。すると、鏡から私に視線を移したお客様が、満面の笑みを浮かべてバッグを差し出してきた。

「素敵ね。じゃあ、これいただくわ」

「ありがとうございます」

――やったー、お買い上げ～～!!

バッグを丁寧に包んで、会計を済ませたお客様を出入り口までお見送りする。

「ありがとうございました、またのお越しをお待ちしております」

深々とおじぎをしてお客様を見送ってから、店の中に戻った。

「ほんと、深田(ふかだ)様はいいお客様だなあ……」

しみじみしながら売れたバッグの位置に別のバッグを並べていたら、バックヤードからパートの富樫(とがし)さんが出てきた。

「深田様、新商品入荷日に早速ご購入ですか！　すごいですね」

「ねー、ほんとありがたいよ。あのバッグ、絶対深田様の好みだと思ったんだ。ＤＭに画像貼り付けておいて良かった」

売れたから気分も上々。そんな私に富樫さんも「本当ですね～」と同意してくれる。

富樫さんは主婦パートさん。夕方四時まで勤務してくれている。この店は、雇われ店長の私と富樫さんや数名の女性アルバイトで回している。ちなみにオーナーはこのビルの所有者で、年中買い付けで海外を飛び回っている中年の男性だ。日本にいる時限定だが、ヘルプ要員もしてくれている。というのも、オーナーは顔もスタイルもいいイケオジなので、彼が店に出ていると女性受けが非常にいいのである。

富樫さんがバックヤードで検品してくれた新商品を二人で棚に並べながら、話題はなぜか私の私生活に。

「蔦さん、未だに誰かとお付き合いする気、ないんですか？」

「うん、ないよ」

けろりと答えた私に、富樫さんが、ええ……と不満げな声を上げた。

「確か前の人と別れたのって、二年くらい前でしたよね？　そろそろ次に行ってもいいのでは……」

「ちょっと待って」

富樫さんの呟きを途中で遮る。今のニュアンスには、もの申さずにはいられなかった。

「今の言い方だと、前の男が忘れられなくて恋愛しないみたいじゃない。そうじゃないから！　今はもう、男性になんの期待もしてないし、結婚して幸せになる未来も考えられないから、恋愛しないだけなの」

既婚者である富樫さんに、こんなことを言うのは申し訳ないけれど、それが事実なのだから仕方がない。

そうなのだ。私は、今のところ結婚する気がない。

だからこそ、この先一人でも生きていけるように、今から計画的にお金を蓄えているのだ。

もちろん私だって、最初からそう思って生きてきたわけじゃない。数年前、当時付き合っていた彼氏と上手くいっていた時は、このまま結婚するのかな〜、なんてぼんやり考えていた。

でもある時、その彼氏が、まったく貯金をしていないということを知ってしまった。

年齢は私よりだいぶ上だったのにもかかわらず、貯金がゼロ。

稼いだお金は全額趣味に使うタイプの人で、結婚の話が出た時も、結婚式や新婚旅行にかかるお金を私の貯金でどうにかしようと考えていたらしい。

それがわかった途端、私の中で何かが切れた。

——こんな人と一緒になったところで、幸せになれるわけないじゃない。

ああいうお金の使い方をしている人が、結婚をきっかけに変わるとは思えない。下手すると生活費は全額私が出すことになる。そうなったら当然仕事は辞められないし、もし子どもが生まれたとしても子育てに協力してもらえる保証はない。

——あ、だめ。絶対だめ。苦労する未来しか見えない。

このあと更に彼とはもう一悶着（ひともんちゃく）あり、それが決定打となって絶対一緒にはなれないと決意した。

そうとなれば、私の行動は早い。さっさと彼に別れを告げて、住んでいたアパートを退去した。

彼は最初別れることを渋ったけれど、元々自由がなくなるのが不満で結婚には消極的だった。そこら辺を懇々と説明し、円満に別れることができたのはラッキーだった。

その後、携帯電話の番号を変え、相手に場所を知られている職場はオーナーに頼み込んで別の店舗に異動させてもらうことができた。

彼と別れることに全労力を注いだおかげで、ほとほと疲れ切ってしまった。当時の私は三十歳。そこからまた、新たに恋愛を始めようという気力は湧かず、今に至るのであった。

「でもまだ三十二歳じゃないですか。ぜんっぜん今からでも恋愛はできますよ？　蔦さん、うちで扱っているワンピースをこんなに綺麗に着こなせちゃうくらい、細くて綺麗じゃないですか！　よくお客様にも聞かれるんですよ、あの店員さんが着ているワンピースと同じものってありますか？　って」

「えー。褒めてくれるの？　ありがとう～。でも、細いのは単に、働きすぎて痩せてるだけじゃない？」

なんてね？　と冗談めかして言うと、富樫さんの表情が曇った。

「ええ!?　それはだめですよ！　蔦さんあんまり休まないし、お昼ご飯も少ないからいつも心配してるんですよ。たまには仕事のことを忘れて、有休使ってのんびりしてくださいよ！」

「あはは、ごめんごめん。ちゃんと食べてるから心配しないで！　有休もそのうち取るつもりだし……」

心配してくれる富樫さんには、本当に申し訳ないと思ってる。だけど、働きすぎというのは、あながち間違ってない。

というのも、実は私、この仕事以外にも別の仕事を持っているのである。

昼間の仕事を終えた私が真っ直ぐ向かったのは、勤務先のオーナーが別に所有するテナントビルの地下一階にあるバー。

「いらっしゃいませ。二名様ですか？　どうぞこちらへ」

店の経営者はイケオジのオーナーではなく、オーナーのお姉様だ。

私はここで、白いシャツに黒いエプロン、黒いパンツというユニフォームに着替えて、お客様を席に案内したり、バーテンダーが作ったドリンクを運んだり、軽食を作ったりしている。

つまり、ダブルワーク中なのだ。

結婚を考えていた相手と別れ、未来が見えなくなった私にとって、一番頼れるのは愛ではなくお金。そのお金を稼ぐために、こうして日夜あくせく働いているのである。

セレクトショップが終わるのが夕方六時。そこから店を閉めてバーに直行し、夜の十一時まで働いている。

ダブルワークに慣れないうちは、正直キツくて死ぬかと思った。でも、夜の仕事に慣れてくるにつれ、雰囲気のいいバーが居心地よくなった。それもあって、ダブルワークを始めてもうじき一年半くらいになる。

――富樫さんに話したら絶対心配されるから、言わない……っていうか言えない。

お客様を席に案内してカウンターに戻る。

「夏凛ちゃん、疲れてるようだったら、今日はもう上がっていいよ？」

この店のマスター兼バーテンダーの宮地さんに気を遣われてしまい、思わずギョッとする。

「えっ。私、そんなに疲れた顔してますか？」

宮地さんに聞き返したら、違う違うと否定された。ちなみに宮地さんは四十代の既婚男性。いつも襟足で結んでいる長い黒髪がトレードマークだ。

「ただでさえ昼から働いてるのに、このところ週六で入ってるでしょう。おじさんはねえ、夏凛ちゃんの体を心配してるんだよ。今夜はお客様も少ないし、あとは僕一人でなんとかなるから。もう上がりなさい？」

「うっ……わかりました……そうします……」

宮地さんに心配そうな目をして見つめられ、なんだかお母さんに諭されているような気分になってしまった。

来店されたばかりのお客様に水を運び、オーダーを聞いて宮地さんに伝えてから上がることにした。

外に出ると、ひんやりした空気が顔に当たる。

「さむ……」

今日は二人に心配されてしまった。

自分で思っているよりも、疲れが顔に出ているのかもしれない。これは、ゆゆしき問題だ。

――早く家に帰って、ゆっくり湯船に浸かって、顔にシートマスクしよう……

そんなことを考えながら、歩いてすぐの駅から自分の住むアパートの最寄り駅まで、電車移動した。駅から徒歩十分の二階建てのアパートが私のお城である。

はっきり言って、かなり古い。実際、築年数もかなりいっているので家賃が安かった。

なぜこのアパートに住んでいるのかと言うと、彼氏と別れたあと、完全に接点を絶ちたくて即入居可能な物件に飛びついたからだ。

風呂トイレ付きの六畳1Kで、二階の真ん中の部屋。左右は年配の男性と若い男性がそれぞれ住んでいるが、幸運なことにいい人達で一安心した。住み始めたら、部屋の古さはさほど気にならなくなった。仕事ばかりしているせいで、ほとんど寝に帰るだけの部屋となっているからかもしれない。

駅のすぐ近くにある二十四時間営業のスーパーで惣菜を買ってきたので、冷凍庫にストックしている冷凍ご飯で軽く夜食を食べることにした。もちろん、この時間まで何も食べていないわけではない。バーのバイト中、賄いでパスタだったりサンドイッチだったりを食べている。

でも、やっぱり自分の部屋で、ほっとして食べるご飯は美味しい。

「うまあ……」

スーパーで買った惣菜は、ひじきの煮物。昔はそんなに好きじゃなかったけれど、三十歳になる前くらいからめちゃめちゃ美味しく感じるようになった。なぜだ。

それはまあいいとして、明日も元気に働けるように、しっかり自分をいたわろう。

のんびり湯船に浸かったあと、顔にシートマスクをしてから美容液などでお手入れを済ませ、寝床に入った。時間はもう、深夜零時を過ぎている。

「おやすみなさい……」

明日も頑張らなくちゃ……と思いながら目を閉じた私は、多分すぐ寝た。

翌日、ぐっすり眠って回復した私がセレクトショップでの仕事に勤しんでいると、不意に店のドアが開いた。

「いらっしゃいませ」

振り向きざまにこの台詞を口にするよう、ほぼ条件反射ができあがっている。そして忘れちゃいけない笑顔も。

来店したのは若い男性だった。背が高く、多分百八十センチは優にありそうだ。綺麗な顔立ちで、おそらく来店したのは初めてではないだろうか。その証拠に、店内をキョロキョロ見回して、どこに何があるのか確認しているようだった。

「何かお探しですか？」

こういう場合の決まり文句。でも、本当に何かを探しているようだったので、あながち間違いではない。

声をかけたら、一瞬その男性が「うわ、来た」と言いたげに目を細めた。こういったお客様の反応もあるあるで慣れっこである。

——こっちも仕事で声をかけてるだけだからね？　そこんとこよく理解してね？

心の中で悪態をついていると、男性が少し困ったように口を開いた。

「いや……知り合いへのプレゼントなんですけど、この店のものをって言われて」

「ありがとうございます！　ちなみに、どういったものがよろしいなどありますでしょうか」

念のため、その知り合いの年齢や性別を尋ねる。そこに関しては、さらっと答えてくれた。

「五十代の女性です。まあ、母ですけど」

——お母さんへのプレゼント？　なーんだ、やるじゃん青年。

「そうでしたか……!!　もしかしてお母様は、過去にこの店で商品を購入されたことがありますか？」

「ええ、多分。何が欲しいかと尋ねたら、この店に売ってるものがいい！　って即答されたんですよ……まったく、そんなこと言われても俺、好みなんかわかんねえのに……」

そう言って不機嫌そうな顔をする男性に、おい……とこっちが困る。

「お名前を頂戴できれば、顧客データで過去に何を買われたか調べることができますけど。いかがいたしましょうか」

私の提案に、男性の表情が若干緩んだ。

「そうなんだ？　一応母に確認取るか」

男性が素早くパンツのポケットからスマホを取り出し、耳に当てた。

「あ、今いい？　プレゼントの件だけど、過去の店の購入データ見てもいい？　同じもの買わないようにするからさ」

あっという間に通話を終えた男性が、私に向き直った。

「問題ないそうなので、調べてもらっていいですか。名前はぶんや、と言います。文章の文に屋号の屋で、名前がしょうこです。漢字は……」

「あ、名字だけで大丈夫だと思います。あまりいらっしゃらない名字ですし……すぐお調べします」

急いでカウンターに戻り、タブレットで顧客データを探る。文屋という名字には聞き覚えがあった。該当するお客様はお一人しかいない——文屋祥子様。

立ち居振る舞いがすごく上品で、顔立ちの整った綺麗な女性だった。

この人、文屋様の息子さんなのか。

言われてみれば、目元の辺りが似ているような気がする。

「ありました。三ヶ月ほど前にスカーフとワンピースを、その後もアクセサリーを数点と、お財布を購入されていますね」

「スカーフと、財布か……」

同じデザイナーさんのものがまだ店にあるので、よかったら参考にしますか？　こちらの柄違いです、と紹介した。

ふーん、とそれに見入っていた男性だけど、値段を見て「は!?」と目を見開いた。

「結構するな！」

「はい……一点物なので……」

「へえ……俺にはよくわからん」

——そのよくわからんものを売るのが私の仕事なんですけど……

こめかみがピキッ、と疼く。でもこんなのはよくあること。

我慢、我慢……と心で呟きながら、男性のお眼鏡にかないそうなものを探す。

「たとえば、お財布とおそろいになりそうなカードケースはいかがです？　以前ご購入された財布と同じ作家さんのものがありますよ」

「へえ。どんなの？」

手袋をして、ショーケースの中からカードケースを取り出し、男性に手渡した。光沢のある革を使っていて、手触りがとても好きな商品だ。

「へえ……手触りがいいですね」

「ありがとうございます。他に、同じ作家さんが作ったサコッシュもございます」

別の場所にあった、斜めがけできるタイプのシンプルな長方形の革のサコッシュ。ポケットも何もついていないけれど、ギリギリ長財布やスマホが入るくらいの大きさで、ちょっとお買い物に行く時なんかにちょうどいいと思う。

これなんかいいんじゃないかな〜、と期待を抱きつつ男性に紹介すると、案の定サコッシュに食いついた。

「……いいですね。革の手触りもいいし、大きさも手頃だし。これならもし、母が気に入らなくても俺が欲しい……」

「お色違いもありますよ。こちらがブラウンで、こっちがブラック」

「いや。さすがにいい年して母親とおそろいとか、無理」

それもそうか。

納得したので別のものを探す。

「でしたら……小ぶりなバッグなどはいかがですか？」

別の作家さんが作ったものだけど、軽くて年配の女性でも持ちやすい、一枚革のバッグを紹介してみた。

Ａ４サイズの書類は入らないけれど、長財布なら余裕で入る大きさのトートバッグ。持ち手の長さもちょうどよくて、手に持つも良し、腕にかけても良し。更にバッグの上部にファスナーがついているので、落とした時に中身が飛び出す心配もない。

思いつく限りの利点を挙げていくと、だんだん男性の表情に余裕が出てきた。

「なるほど。いいですね。じゃ、これに決めます」

――やった！

「ありがとうございます」

「それと、母へのプレゼントとは別に、こっちのサコッシュも。こっちは自分用で」

――意外……本当に気に入ってくれてたんだ。

「ありがとうございます。すぐにお包みしますね」

そう言ってカウンターに戻った私は、全力で梱包作業に挑んだ。男性のものはショップの紙袋に、贈り物は箱に入れてリボンをかけた。

「お待たせいたしました。こちらお会計になります」

バッグ二点のお買い上げで数万円の売り上げだ。男性は財布からクレジットカードを出し、それで会計を済ませた。

――最初は面倒くさそうな人かなって思ったけど、二つも買ってくれるなんていい人だったわ～。ありがたい～！

内心うきうきしてるのを顔に出さないよう、レシートをお渡しした。商品の入ったショップバッグを持ってドアまで誘導する。

「今日はご来店ありがとうございました。……店に入るの、勇気がいったのではないですか？」

買ってもらったことで少々気が緩んだ私は、あろうことか男性に質問なんかしてしまう。

「え？」

私の顔をじっと見ながら聞き返してきた男性の反応に、やばっ、と思った。

――しまった。馴れ馴れしかったかな……

「申し訳ありません、あまり若い男性のお客様っていらっしゃらないので……もしかしたらそうかなと。うちは置いているものの八割くらいが女性向けなので、つい」

男性の顔を見て反応を待っていたら、しばらく私の顔を見てから、ゆっくり照れたように口を開いた。

「ああ……まあ、確かに。最初は……、ちょっと入るのを躊躇したんですけど。でも」

また男性がじっと私を見る。

「お姉さんがいい人だったんで、来て正解でした。久しぶりに母に感謝しましたよ」

そして男性は、初めてにこりと微笑んだ。

切れ長の目は、一見きつい印象を与えるけれど、笑うとめちゃくちゃキュートではないか。

「ならよかったです。きっと、お母様に喜んでもらえると思いますよ」

そう返しながら、今のってどういう意味だろうと思う。感謝するって何に？

——自分用に買ったサコッシュが気に入ったってこと？　まあ、あれって近所に買い物とか行くのに便利だもんね……

そういう意味なのかな、と納得する。

「ありがとうございます。では、ぜひまたのご来店をお待ちしております」

「ども。お姉さんも仕事頑張って」

営業スマイルで軽く会釈をして、男性を見送った。

接客にいい印象を持ってもらえたのなら、結果オーライだ。

「よっしゃ、今日は幸先いいわぁ」

店に戻った私はその後も忙しく働き、その男性のことなどすっかり頭から抜け落ちてしまったのだった。

それから数日後。

バイト先のバーで接客をしていた時のことだ。

スーツを着たサラリーマン風の男性三人組が入ってきた。

「いらっしゃいませ。三名様でよろしいですか？」

「はい」

「テーブル席とカウンター、どちらがよろしいですか？」

開店してから何回転かして、今はテーブル席に二人お客様がいるだけ。好きな席が選べるのでお客様に選んでもらう。

「じゃあ……せっかくだからカウンターにするか。ここのマスターのカクテル美味(うま)いし、ビジュアルがいいんだよ」

一番年配の男性がカウンターを選んだ。このお客様は見覚えがあるので、何度目かの来店だ。

「では、こちらにどうぞ」

三人をカウンターに案内して、水を取りにカウンターへ戻ろうとしたら、手首を誰かに掴まれた。

――は？

驚きの眼差しで掴んでいる男性を見上げる。スーツに身を包んでいる男性に見覚えは……ない。

でも、なぜか私以上に男性の方が驚いた顔をしている。

「お姉さん、なんでここにいるの？」

なんでってバイトだけど、と心の中で眉をひそめるが、顔には出さない。

「なんでと言われましても……ここで働いているので」

「いや、だって。この前は、セレクトショップにいたじゃん。ほら、覚えてない？　母のプレゼントを買いに来た男、いただろ？」

「……え」

ちょっと待って。

確かにそれは記憶にある。でも、あの時店に来た男性は、もっと目にかかるくらい前髪が長くて、黒いコートに黒っぽいシャツとデニムというラフなスタイルだった。

それに対して今目の前にいるのは、細身のグレーのスーツを着こなす紳士だ。髪の毛だって綺麗にセットされて、涼しげな切れ長の目がはっきり見える。

すぐに思い出せない私に、目の前の男性が苛立ったように眉根を寄せる。

――ん？　切れ長の目……？

よく見れば、最後に笑った男性の顔と、目の前の人の顔が、どことなく重なって見えた。

「……あの、もしかしてお名前は……」

「文屋」

「あっ‼」

意図せず声が出てしまい、慌てて口を噤む。それで私が思い出したとわかったのだろう、苛立ったような顔をしていた男性の口元が弧を描いた。

「やっと思い出したか」

「その節はありがとうございました。お母様にプレゼントは……」

「渡した渡した。すげえ喜んでたよ。もう毎日持って歩いてるらしい」

それを聞いて心からホッとした。

「よかったです……」

と、言ってから、文屋さんのお連れ様が二人、ずっとこっちを見ていることに気付く。

「失礼いたしました。では、どうぞごゆっくり」

「え」

文屋さんはまだ何か話したそうにしていたけれど、勤務中に立ち話をするわけにはいかない。

急いでカウンターに戻り、水とおしぼりの用意をしていると、すすすと近づいてきた宮地さんに声をかけられた。

「あちら様、夏凛ちゃんのお知り合い？」

「いえ、知り合いというほどじゃないです。昼のお店のお客様だったんですよ」

「へえ……！　昼間の夏凛ちゃんと夜の夏凛ちゃんに偶然会えるなんて、すごい縁だねえ」

「え、縁なんですかね？　よくわかんないですけど」

水とおしぼりを文屋さんとそのお連れ様に出してから、メニューを見やすい位置に置いた。

あとはオーダーを待つだけなのだが、なぜだろう。文屋さんの視線がずっと私に突き刺さっているような気がする。

――目、目の持っていき場所が……

居たたまれなさを感じながらオーダーを待っていると、まずお連れ様からウイスキーの水割りと、バーボンのストレートと声がかかった。残るは文屋さんだけだが、なぜか彼はじっと私を見たまま何も言わない。

——やりづらいな。

「文屋さんは何にいたしますか」

「……あんまり酒に強くないんで、弱めのものがいいんですけど」

「では、ノンアルコールにしますか？　こちらがノンアルコールカクテルのメニューです」

さっとメニューを出すと、数秒それを見ていた文屋さんが「じゃあ」と口を開く。

「スプリングブロッサムで」

「かしこまりました」

オーダーを宮地さんに伝え、私はカウンターを出る。お客様が帰ったあとのテーブルを片付けて、グラス類をトレイに載せて戻ろうとした時だった。振り返ったら文屋さんがいて、ひっ!!　と声を上げそうになる。その拍子にトレイの上のグラスが倒れそうになり、慌ててそれを手で押さえようとした……のだが、先に文屋さんが押さえてくれる。

「あぶねー、あぶねー」

「……ありがとうございました」

会釈(えしゃく)して彼の横を通り過ぎようとすると、また声をかけられる。

「なあ」

「なっ、なんですか!?」

咄嗟に、尖った声が出てしまう。

「さっきの答えまだ聞いてないんだけど。なんで昼間も仕事してるのに、夜も働いてるの？」

真顔で質問されて、お金のためですと即答しそうになった。でも、こんな場所でそういうことを言うのもどうかと思ったので、必死に考えを巡らせる。

「は……働くのが、好きなので……」

「マジで？　何時まで働いてんの？」

「……二十三時までです」

「昼の仕事は何時からなの？」

「……く、九時半くらい？　かな……」

正直に答えたら、ありえない。という顔をされてしまう。

「嘘だろ、十二時間以上働いてんじゃん……」

「あははは。では……」

一応質問には答えたし、これで文句はないだろう、と急いでカウンターに戻った。でも、まだ何か話しかけられそうな雰囲気に、どうしようと困っていたら、運良く何組かのお客様が立て続けに店に入ってきてくれる。

お客様が来るたびにラッキー、ラッキーと思いながらキビキビ働いた。たまに文屋さんのいるカウンターをチラリと見ると、スプリングブロッサムを飲みながら連れの男性と歓談していた。

スプリングブロッサムは、ライムジュースとメロンシロップと青リンゴシロップに、ソーダを入れた、見た目がグリーンの爽やかなドリンクだ。

なんとなく文屋さんはお酒が強そうに見えたので、まさかノンアルコールドリンクを選ぶとは思わなかったけど、美味しそうに飲んでいて安心した。

——さすがにもう、話しかけてこないでしょ……

多分、ダブルワークが珍しかっただけなんじゃないかな。そう思うようにして文屋さんのことを気にしないでいるうちに、私の終業時間が近づいてきた。お店は深夜一時まで営業しているので、一足早く上がることになる。

カウンターにいる宮地さんに一声かけて、バックヤードで帰り支度をした私は、お客様の出入りするドアから店を出た。最後はカウンターを見る余裕などなかったので、文屋さん達はもう帰ったかなーなんて思いながら、地上に出る階段を上がりきった。

「お疲れ様」

突然声をかけられて、ビクンと体が揺れた。まさか、と思って声のした方を向いたら、ビルの壁に寄りかかるようにして文屋さんが立っていて、今度こそ「ひっ!!」と声が出た。

「なっ……なんでいるんですか!! 連れの人達は……」

驚く私に構わず、文屋さんがゆっくりと私に近づいてくる。

「ここで解散したんで、もう帰った。俺はお姉さんを待ってたの。今帰りでしょ? 送るよ。家どこ?」

なぜ私がまだ会って二回目の男性に送ってもらわないといけないのか。

光の速さで拒否した。

「結構です。一人で帰れます」

「そんな警戒しなくても。もう身元割れてるじゃん、俺」

確かにこの人のお母様はうちの顧客情報にデータがあるけれど、この人のものはない。

「文屋さん、としか存じ上げませんけど……」

「俺、文屋才門(さいもん)って言うの。お姉さん、名前は？　この前名刺くれなかったよね」

しまった。気付かれたか。

「うっかりしておりまして……」

というのは嘘で、異性のお客様に対してはどうしても慎重になってしまうのだ。まだ初回だし、今回はいいかと思ったんだけど。

「店のマスターが、お姉さんのことかりんちゃん、って呼んでたような気がしたんだよね。かりん、て言うの？」

――し……しつこいなあ、この人！

観念した私は、一度ため息をついてから文屋さんに向き直った。

「……蔦、夏凛と言います……」

名前を教えたら、文屋さんの顔がぱーっと明るくなった。

「蔦夏凛……可愛い名前じゃん」

このやりとりいつまで続くんだろう。そろそろ勘弁してほしい。

「もういいですか？　私、急ぐので」

くるっと体を反転させ、駅に向かって足早に歩き出した。後ろから「えっ、ちょっと」という文屋さんの声が聞こえてきたけど、構わず歩く。

しかし、いつの間にか彼が隣に並んできて、思わず「なんで!?」と叫びそうになる。

「どっ……どうしてついてくるんですか!?」

「どうしてって、俺もこっちだから。それにしても、最初に会った時と、だいぶ印象が違うよね。夏凛ちゃん」

「そりゃ、今は勤務時間外だから」

ぼそっと呟いたら、それもそうかと隣から笑い声が聞こえてきた。

「ねえ、今度お茶しようよ。それかご飯でもいい」

「はあ!?　ナンパ!?」

つい隣にいる文屋さんを睨み上げた。

夜の接客業をしていると、ナンパはたまにある。でも、大概そういう人はお酒が入っているので、適当にいなしておけば後々面倒なことにはならない。ごくまれにしっかりお断りしないとわかってもらえないタイプの人もいるけれど。

——送るとか言って、結局それが目的だったんじゃないの。……無理無理無理無理。

「お気持ちだけいただきます。私、暇がないので」

「あー、昼も夜も働いてたらお茶も飯も無理か……。あ、じゃあ休みを教えてよ。休みだったら、どっちも行けるでしょ」

「……休日は半日寝てますし、もう半日で買い物とか掃除とかしてるんで……」

「マジで？　本気で暇ないじゃん!!　なんでそんなに働くんだよ、もしかして借金があるとか……」

借金なんかとんでもない!!　この私に貯金はあれど、借金なんかあるわけがないのだから。

文屋さんをきつく睨(にら)んだら、さすがに少し怯(ひる)んだようだ。

「そんなもんあるわけないでしょうがっ!!　貯金するために働いてるんですっ、これでもういい？気が済んだ？　はい、じゃあ今夜はこれまで!!　さようならおやすみなさいっ」

「え……あ、はあ……」

猛ダッシュして、駅の改札に飛び込んだ。

さすがにもう文屋さんは追いかけてこなくて、よっしゃと思いながら、軽やかな足取りでホームに向かったのだった。


しかし、それから数日後の土曜の夜。

私がバーの仕事を終えて外に出ると、まさかの文屋さんが待っていた。

「や。お疲れ」

「お疲れ……じゃないですよ!!　なんでここにいるんですか!!」

「なんでって、夏凛ちゃんに会いたいから待ってた」

開いた口が塞がらないとは、こういうことを言うんだな。

身をもって知った……のはいいとして、この文屋という人をどうしたらいいの。

「あの……本当に、勘弁してください。なんなんですかこの前から……」

額に手を当てて項垂(うなだ)れる。その隙に文屋さんが私に近づいた。

「会いたいし、話したいから。明日は昼間の仕事は休みでしょ？　今夜だったら、ちょっとは話せるかなって」

「え？　ああ……確かに明日は店、定休日ですけど……」

顧客でもあるお母様に店の定休日を聞いたのだろうか。だからといって、誘いに乗るわけじゃないけど。

「ちょっとだけお茶しようよ。だめ？」

微笑みつつお願いしてくる文屋さんはやはりイケメンで、なかなかに威力がある。今日は仕事が休みだったらしく、最初に会った時のようにラフな格好だ。

スーツの時はそこそこ年齢がいってるような落ち着きがあったけど、こうやって見ると肌も綺麗だしすごく若く感じる。

「だめって言うか……もうこんな時間だし、この辺でまだやってるカフェなんかないですよ。バーとか、居酒屋くらいで……」

「うん、だからさ、俺の部屋に来ない？　美味(おい)しい紅茶を淹(い)れるよ。俺が」

「は……文屋さんが紅茶を淹(い)れる？」

聞き間違いかと思ったら、彼が、そう、と言って首を縦に振った。

「俺、結構上手いんだ。母親に叩き込まれたからさ」

本当かな。騙(だま)して部屋に連れ込もうとか企(たくら)んでない？

「と言われてもですね……さすがにこんな遅い時間に男性の部屋に行くなんて無理……」

「襲ったりしないって！　それに俺、夏凛ちゃんとこの顧客の息子だよ？　悪さしたら母親に勘当されちまう」

「か、勘当……そこまで？」

「するする。うちの母親、容赦ないから」

ケラケラ笑っているこの男性を信じてもいいのだろうか。

——別に紅茶が飲みたいわけじゃない。けど、顧客の息子さんをぞんざいに突き放して、機嫌を損ねられるのもなあ……

本人達が店に来ないだけならまだしも、店へのクレームは勘弁願いたい。

「……本当に何もしませんか。お茶飲むだけですか」

「うん、本当」

きっぱり断言した文屋さんを見て、仕方なくため息をついた。

「……わかりました。お茶だけ。飲んだらすぐに帰ります」

承諾した途端、文屋さんがにっこり笑って私の手首を掴んでくる。

「おっけ。行こう」

手首を掴まれたまま、私は彼に引っ張られる形で駅へ向かっている。

「あの。ところで、部屋ってどこですか。よく考えたら、私、終電が……」

「大丈夫。車で来てるから、ちゃんと家まで送る」

――えっ。わざわざ私を誘うために車でこんなところまで来たの？

アホか、相当の暇人だな……なんて考えている間に、彼が車を停めているという駅近の立体駐車場に到着した。エレベーターで目的の階まで行くと、彼がある車のドアノブに触れた。ピピッと音が鳴って、ロックが解除される。

「どうぞ」

助手席に座れ、と手で合図されたので、大人しく従った。

しかし、シートに腰を下ろして一息ついたところで、ふと、下手したら自分はこのまま拉致(らち)されてもおかしくないのでは？　と気付き、一気に血の気が引いていく。

「あ、の……本当に何もしないんですよね？」

「しないっていうか、お茶は飲むけど。……ああ、警戒してんのか。じゃあ、俺の情報をもっと伝えておくわ」

パンツのポケットから財布を出した文屋さんが、そこから一枚名刺を取り出し、ほい、と言って渡してきた。

「別に怪しくないよ。ちゃんと働いてるし」

そこには、デザイン会社の社名と、プロダクトデザイナーという肩書きが記されていた。

「……デザイナーさん、なんですか？」

「プロダクトデザインっつって、製品のデザインを考えたりする仕事ね」

「へえ……」

周りにいない職業だなあ。

ふーん、と名刺を眺めながら思う。確かこの前ちゃんと名乗ってくれたけど、今改めて見ると名前に特徴があった。

「才門さん、て言うんですか？　名前」

尋ねたら、少しだけムッとされた。

「今言う？　それ……。この前俺が名乗った時は、なんの反応もなかったのに」

「すみません。この前はなんていうか……右から左へスルーしちゃった、みたいな？　でも、素敵なお名前ですね」

「嘘くさいなー。まあ、いいけど。それより夏凛ちゃんっていくつ？　俺、二十六だけど」

――六つも下なのか。

こんな若い人に私の実年齢を明かすのはなんだか申し訳ない。でも、事実なのでそこははっきり言う。

「夏凛ちゃん、なんて呼ばれる年齢じゃないですよ。三十超えてるし」

年齢を言ったら怯むかな～と思っていたのだが、意外にも文屋さんの態度に変化はなかった。

「で、いくつ？」

「三十二です」

ちらっと運転席の文屋さんに視線を送る。どんな顔をするか興味があった。

うわっという顔をするのか、それとも誘って失敗したという顔をするのか。じっと彼の反応を見る。

しかし、文屋さんは私の予想に反して、嬉しそうに頬を緩めるではないか。

「なんだ、六つしか変わんないじゃん！　それに夏凛ちゃん、年齢より若く見えるよね」

「ええ……」

何そのポジティブさ。

「男の人って若い子が好きなんじゃないの？」

「それは人それぞれでしょ。俺、元々綺麗なお姉さんに弱くて。初恋も幼稚園の先生だったし」

「ほう……」

そうですか……。だからと言って、私はどんな反応をすればいいのですか。

黙っていると、なぜか隣から笑い声が聞こえてきた。

「年齢を言えば俺が諦めるとでも思った？」

「え？」

隣を見たら、文屋さんとバチッと視線がぶつかった。そして、ふっ、と微笑まれる。

「残念でした。最初に会ったショップでの落ち着きぶりとか話し方で、それくらいかなって想定してたから、別に驚かないよ」

「……そう、ですか……」

まあいいや。趣味嗜好は人それぞれだしね。

ただ、私とは合わないだけで。

ちらっと横を見る。

運転する彼は容姿がいいこともあって、素直にかっこいいと思う。長い指をした大きな手で、華麗にハンドルを操る姿は、女性なら誰が見たって惚れ惚れするはずだ。

でも、やっぱり六つも年下となると、弟みたいというか、「若い」というフィルターがかかってしまい、異性としての魅力をあまり感じない。

——年下に惚れたことって、今までにないもんなあ……

これまで付き合ってきた人は皆年上だった。前職で別のアパレルショップに勤務していた時に付き合っていた同僚も年上だったし、二年前に別れた人は十も年上だった。

今思えば十歳も年上なのに貯金ゼロって、ありえないと再認識する。よかった、別れて。

私、情に流されなくて偉かった。

過去のことを思い出して沈黙していると、隣から「どうしたの」と声がかかった。

「急に黙っちゃって。疲れた？　眠い？」

「え？　いや、そんなことはないけど……」

どうも相手が年下だとわかった途端、敬語が出てこなくなってしまった。でも、相手も特に気にしていないようだし、まあいいか。

「にしてもさあ、いくら貯金のためって言っても、夏凛ちゃん働きすぎ。フルタイムで働いてるなら、昼間の給料だけで生活できそうじゃない？」

「……生活はできるけど、貯金するには足りないから」

「なんか欲しいものでもあんの」

大概貯金してるって言うと、こういう言葉が返ってくる。もう慣れたけど。

「そういうんじゃないの。老後のためって言うか……働けるうちに働いて、ある程度の貯蓄は作っておきたいかなって」

「偉いじゃん。俺、まだそこまで考えたことないや」

「いいんじゃないの。文屋さん、モテそうだし。老後を一人でとか考えたことないでしょ」

そう言うと、数秒の沈黙があった。

「……てことは、夏凛ちゃんは老後を一人で過ごそうとしてるってこと？」

そうです、と返事をする前に、気になったことが一つ。

「あの。夏凛ちゃん、て呼ぶのやめて。こそばゆいし、ちゃん付けされるような年齢じゃないから」

「ええ!?　可愛いのに……じゃあなんて呼べばいいの、夏凛さん？　夏凛？」

――なんで呼び捨てが候補にあるのよ。違うでしょ。普通は名字で呼ぶでしょうが。

イラッとしかけたけど、すぐに気持ちを落ち着けた。

「ちゃん付け以外ならどれでもいいよ」

「わかった。じゃあ、夏凛さんって呼ぶ。それでいい？」

「……いいよ」

やっぱり名前呼びなんだ、と思ったけど、もういい。この話をあまり引っ張りたくない。

「で、話は戻るけど、夏凛さんは老後を一人で過ごす予定なの？　それ、今決めちゃうの早くない？　まだこの先どうなるかわかんないでしょ」

「そうかもね。……でも、一人で過ごす確率がすごく高いから、いいの。それに一人だと楽だし」

「……そうかねえ……。あ、もうすぐ俺のマンションに着く」

「あら、そうなの？」

ずっと会話に夢中で、外のことなんか全然気にしていなかった。スマホのＧＰＳでここがどこなのかを確認したいところだけど、隣に文屋さんがいるとちょっとしにくいな。

周りは幹線道路から脇道に入り、少し進んだ辺り。戸建ての立ち並ぶ住宅街を抜けると、通りの向こうに大きなマンションがいくつか見えてきた。

「そこ」

「へ、へえ……いいところにお住まいで」

「そんなことないよ、俺の部屋は２ＬＤＫでマンションの中では狭いタイプだから」

１Ｋのボロアパートに住んでる身には、耳が痛い。というか心が痛い。

モヤモヤする私を乗せた車が、マンションの敷地内にある平置きの駐車場に到着した。

「じゃ、降りて」

車を降りた私は、先を行く文屋さんのあとに続く。足下を照らすライトに導かれながらエントランスを抜け、自動ドアを何回か通ってエレベーターホールに到着する。そこからエレベーターに乗って十二階まで移動した。

「わ、夜景が……」

部屋までの通路が外に面しているため、ビル群の夜景がよく見える。

「いいでしょ。部屋からもよく見えるよ」

「そうなんだー……」

そこでハッとする。これってこの人の作戦だろうか。

――だめよ私。気を抜いたら何をされるかわかんないんだから。

夜景に釣られて気を緩めると思ったら大間違いだ。私はそんな誘惑になんか負けない。

「はい、どうぞ」

通路の途中で足を止めた文屋さんが、部屋のドアを開けて私を待っている。

「お邪魔します……」

「どうぞ」

先に部屋の中へ進んでいった文屋さんのあとをゆっくり追った。部屋に入ると、パッとリビングの照明が点き、全貌が明らかになる。

「……綺麗にしてある」

まず目に飛び込んできたのは、白いL字ソファー。それからガラスのローテーブルと、壁に設置された大画面テレビ。リビングと対面になっているキッチンはすっきりしていて、あまりものが置かれていない。調理器具はオーブンレンジくらいだ。

真っ白なカーテンが眩しい広々とした部屋は、余裕で二十畳はあるだろうか。古くて狭い私の部屋とは雲泥の差だ。

すごい、と口を半開きにしたまま立ち尽くしていると、文屋さんが声をかけてくる。

「ソファーにでも座っててよ。すぐにお茶の準備するから」

「あ、うん……」

文屋さんが着ていたコートを脱ぎながら、キッチンに入っていく。

そうだった、紅茶を淹れてくれるっていう話だった。

ケトルでお湯を沸かす文屋さんをじっと見ていると、なぜかクスッと笑われた。

「何？　気になる？」

「そりゃまあ。文屋さんみたいな若い男性に紅茶を淹れてもらうなんて、経験ないし」

「そうか。まあ、そうかもね。それより夏凜さんはどんな紅茶が好きとかある？」

ダージリンにセイロン、アールグレイ。ずらっと有名な茶葉ブランドの缶が並べられる。

「ええ……。じゃあ、アールグレイにしようかな。香りが好きだし」

「了解。お待ちください。お茶菓子もあるよ」

「お茶菓子……？」

てっきりスナック菓子とかを出されるのだと思っていたが、それは大きな間違い。彼が冷蔵庫から取り出したのは、なんとホールのシフォンケーキだった。

「え？　シフォンケーキ⁉　しかもホール……」

「夏凛さんを誘おうと思って昼間のうちに焼いておいたんだ。結構上手くできてるだろ？」

彼の言う通り、シフォンケーキはぺしょっ、と潰れることもなく、綺麗な形を保っている。

「これ、何味？」

「バナナ」

――バナナシフォン……！

文屋さんは話しながら、長いケーキ用のナイフを引き出しから取り出し、慣れた様子でシフォンケーキをカットしていく。更には、ケーキを載せた皿に、冷蔵庫から取り出した生クリームを添えた。

「ちょ……‼　ほ、本格的なんだけど……」

「あー、うん。一時期、本気でパティシエになりたくて。美大に行くか製菓学校に行くかで悩んだんだよね。でも結局親に反対されて美大にしたけど」

「美大卒なんだ……」

そう言われてみると、カットしたケーキの大きさは均等で断面も綺麗。盛り付けもすごくセンスがいい。

私がシフォンケーキに見惚れているうちに、文屋さんは沸騰したお湯をティーポットに注いで、ティーコゼーを被せてタイマーをセットした。

――ちゃんとタイマーまで……。本当に丁寧にお茶を淹れるのね……

「少々お待ちください。その間にこれをテーブルに運んじゃおう」

なんだか彼は、最初に会った時の印象と随分違う。

初めて会った時の彼は、不機嫌そうなオーラを纏っていて、そこから感じ取った印象は、面倒くさそうな人だな、というものだった。

それが今、彼の部屋で手作りのお菓子と紅茶でもてなされている。何この状況は。

自分でもわけがわからなくて混乱してくるが、目の前にある美味しそうなシフォンケーキには抗えない。

そうこうしているうちにタイマーが鳴り、ティーポットに被せてあったティーコゼーが外された。

琥珀色の紅茶は見るからに美味しそうで、ほうっとため息が漏れる。

「いい香り。美味しそう」

「美味いよ。丁寧に淹れる紅茶は、味が全然違うんだよ」

「それにしても、紅茶の淹れ方やお菓子作りは、自分で勉強したの？」

「あー、いや。うちの母親。お菓子の先生やってるから」

「え？　そうだったの？」

接客したことがあるけれど、そんなこと一言も言ってなかった。

「そう。自宅でお菓子教室をやってて……環境的に、自然と興味持っててね。で、今こうなってるわけ。じゃ、いただきますか」

こんな時間に甘いものを食べるなんて、かなり罪悪感があるけれど、明日は休みだし気にしないでおこう。

「いただきます」

手を合わせてから、まずティーカップに手を伸ばす。

なんせ香りがいいのと、濃すぎず薄すぎない色が絶妙である。

――これを二十六歳の男子が淹れたのか……

女子力というか、できる男子感が半端ない。

私の中にある文屋さんのイメージが、どんどんこんがらがってくる。

口を付けた紅茶は、渋みのないまろやかな味わいで、自然と肩の力が抜けていく。

「美味しい……」

「そう？　俺結構上手いでしょ」

「……うん。想像してたよりすごく美味しかった」

続いて、ふわふわのシフォンケーキをフォークでカットして、口に運んだ。甘さ控えめで、疲れた体に優しく沁みる、最高の味わいだった。

「美味しーい!!　バナナシフォン、いいね！」

食べてすぐ、隣の文屋さんを見る。

彼はまだ紅茶にもケーキにも手を付けておらず、どうやら私の反応を待っていたようだった。

「そ？　よかった。笑顔の夏凛さんが見られてラッキー」

「何それ」

「だって、客として店に行った時は笑ってくれたのに、俺と二人の時はあんまり笑ってくれないからさ」

何を言うのかと思えば、そんなことか。

体を正面に戻し、再びシフォンケーキをカットする。

「そりゃあ、接客業で営業スマイルは大事ですから」

「営業スマイルかよ……。めっちゃ可愛かったから、すげえドキドキしたのに」

「……それは、どうも……」

今のは冗談なのか、本心なのか。

――いまいち読めないなあ……

パクッとまたシフォンケーキを一口。お世辞抜きで、本当に美味しい。

この人、ケーキ作りの才能があるんじゃない？

「ケーキ、本当に美味しいよ。お店レベル。って言うか、今まで食べてきたシフォンケーキの中で一番美味しいかもしれない……」

言ってから、ちらっと隣を見ると、ようやくシフォンケーキを食べ始めた文屋さんが、私を見て目尻を下げていた。

「めっちゃ褒めてくれるじゃん？　もしかして夏凛さんも、俺に興味持ってくれたりする？」

「いや、特には……」

「そんなつれないところもいいね」

笑顔でケーキを食べ進めながら、一人で納得している。

――意味がわからないんだけど。

まあいい。思いがけず美味(おい)しいケーキと紅茶に出会えたのだ。今は食べることに集中しよう。

「ごちそうさまでした」

ぺろりと食べ終えて文屋さんに軽く会釈(えしゃく)をした。

「まだあるよ、おかわりする?」

そのお誘いはすごく嬉しいけれど、丁重にお断りさせてもらった。

「いえ。この時間に甘いものをたくさん食べるのは罪深いので。やめておきます」

これに文屋さんがフッ、と笑いを漏らす。

「罪深いって何。じゃあ、持って帰れば? いくつかカットするから」

「いいの? 嬉しい。ありがとう」

その申し出は大歓迎だった。おかげで明日のお楽しみができてラッキーである。

「でもその前に」

ソファーの上にあった私の手に、文屋さんの手が触れた。え? と思う間もなく、指が絡まってきて、私の頭にクエスチョンマークが浮かぶ。

「夏凛さん、彼氏いる?」

「え。何、藪(やぶ)から棒に」

「いいから答えて。いるの？」

「いない」

きっぱり答えたら、文屋さんの顔に笑みが浮かんだ。

「よかった」

「何が……」

聞き終える前に文屋さんの綺麗な顔が迫ってきて、慌てた私はそれをもう片方の手で阻止した。

「……何この手」

「何って、こっちの台詞なんだけど!!　いきなり何をしようとしてるの……」

「キス」

「そりゃ、わかるけど」

軽く脱力しかけたけど、まだ彼との距離は縮まったままだ。

「気のない女性を部屋に入れたりなんかしない。夏凛さんだってなんとなくわかってたでしょ？　俺があなたに気があるって」

彼の口元を押さえる私の手に、彼の手が重なった。そして、ゆっくりそれを剥がすと文屋さんが指を絡めてくる。すでに片方の手も指を絡められている今、私は彼に両手を拘束されてしまったことになる。

——まずい。このままだと相手に主導権を握られてしまう。

「いや、ちょっと待って。文屋さん、落ち着こう」

「落ち着けるわけないでしょ。俺、さっきから夏凛さんに触れたくて仕方なかったんだから。むしろ、今まで我慢したのを褒めてほしいくらいだよ」

「まっ……」

「キス、するよ」

丁寧に宣言してから、文屋さんの顔がまた近づいてきた。

本来なら付き合ってもない男性とこういうことは……と思うべきなのだろう。

でも、つい目の前にある切れ長の目に視線を奪われてしまった。

——うわ、綺麗な目。睫長い……

なんてことを考えている間に唇が塞がれていた。

しまった、と思った時には後の祭り。

逃げようにも手が使えない。身を引こうとしても、すかさず彼が追いかけてくる。

どうしよう、とぐるぐるしている間に唇の隙間から舌が割り入ってきて、心臓がどくんと大きく跳ねた。

口の中いっぱいに文屋さんの舌があって、上顎や歯列をなぞられる。終いには奥に引っ込んでいた舌を搦め捕られて、どうにもそれに応戦しなければいけなくなってしまう。

「まっ……、待って……」

唇が離れた隙にそう訴えるけれど、文屋さんは聞き入れてくれない。それどころか、更に距離を詰めて体にのしかかられ、ソファーに仰向けで倒れ込んでしまう。

——これはまずい。非常にまずい……!!

いい年してワンナイトとか、やめとこう私。

文屋さんの唇が躊躇いなく私の首筋を吸い上げる。さっきまで私の手に指を絡ませていた彼の手は、いつの間にか服の裾から中に入ってきて、ブラジャーの上から乳房を包み込んでいる。

このままいくと本当に……この人といたしてしまう流れだ。

「いや、ちょっと……!! まずいって、本当に……」

拒絶の言葉を口にしながら、私はふとあることに気付いてしまう。

——あれ、でも、いい年だからこそワンナイトもあり……？

付き合ってる人はいないのだし、後ろめたいことなど何もない。

気が付いたものの、この人は顧客の息子さんである。

セックスできない理由としては弱いけれど、知り合って間もないこの人とワンナイトするのは、やっぱり何か違うんじゃないか。

一気にそこまで考えた私は、慌てて服の中にある文屋さんの手首を掴んだ。

「待って。……やっぱりやめておこう？」

行為を止められた文屋さんが、眉を寄せて顔を上げた。

「なんで」

「なんでって……そりゃ、ほら、私達、付き合ってるわけじゃないし……」

「じゃ、付き合おう」

あっさり言われて、ガクッとなる。

雰囲気も何もないじゃないか。

「いや、そんな……。セックスしたいから付き合うとか、なんか、ねえ」

「したいから付き合おうって言ってるんじゃない。普通に、俺は夏凛さんをいいと思ってるから付き合いたい。それだけ」

話している最中も、文屋さんの手はまだ私の乳房の上にある。この状況に、一周回ってなんだか笑いが込み上げてくる。

「まだ数回しか会ってないのに？　本当の私も知らないのに？　それで好きって言われても説得力ないなあ」

「……じゃ、教えてよ。夏凛さんのことならなんでも知りたいから。でも俺、今の段階で相当夏凛さんのこと好きなんだけど」

「私がまだだめ」

窘（たしな）めるような視線を送ると、観念したように彼の手が服の中から去っていく。

「……わかったよ。今は我慢する。でも、本当に付き合ってほしいんだけど」

「文屋さん、彼女は？」

こんなイケメンに彼女がいないというのがまず信じられない。そう思って尋ねたら、文屋さんの顔が不機嫌そうに歪（ゆが）んだ。

「は？　付き合おうって言ってるんだからいるわけないだろ」

「それもそうか。ただ、私もこの年だからさ、遊びで付き合うのは無理なの。だから、他をあたってよ」

体を起こしつつ、乱れた髪を手で直す。何気なく文屋さんを見ると、納得がいかないのか、真顔で私を見つめていた。

「遊びじゃない。本気」

あまりにも真剣な顔で言われたので、少しドキッとしてしまった。

——まずい。だめだめ、こんな気持ちになってちゃ……

「とにかく、今はまだ決められない。……あ、友達ならいいよ？」

「友達ぃ!?」

「……だって、仲良くなるにはまず、友達から始めるのがベターじゃない」

「ええ……マジかよ」

不服そうな文屋さんだったけれど、ややあってから観念したように、テーブルに置いてあったスマホに手を伸ばした。

「……わかった。まずは友達からで我慢する。でもせめて個人的な連絡先くらいは教えてよ。友達なら問題ないだろ？」

「あー、うん……わかった。いいよ」

友達から始めようと言った手前、教えないというのは人としてちょっとと思ったので、メッセージアプリをお互いに登録し合う。

「念のため電話番号も教えて」

「ええ……わかった……」

アプリだとブロックしたら連絡できなくなる。こういうところが、しっかりしてるなと思う。

「じゃ……あの、私、帰るんで……」

「本当に帰るの？　さっきの続きをするというのも、一つの選択肢だと思うけど」

「どの口が言ってるの」

立ち上がり、持ち帰り用のシフォンケーキを用意してくれた。文屋さんは、なんだかすごく残念そうな顔をしている。けれど、車のキーを手にしたところを見ると、約束通り送ってくれるらしい。

——優しいじゃない。

「紅茶もケーキもすごく美味しかった。ごちそうさまでした」

もらったシフォンケーキをバッグに入れる。

「いえいえ。これに懲りずまた来てよ。場所がわかんなかったら迎えに行くからさ」

玄関に向かっている最中、後ろから来る文屋さんにまた誘われた。

「付き合ってないんだし、遠慮しとくよ」

「細かいことは気にしなくていいのに……」

ブツブツ言いながらも、車を出してくれた。しかし、このまま彼に私の住むボロアパートを見せるわけにはいかない。

——ボロくてショック受けそうだしな、文屋さん。

そういうわけで、アパートから少し離れた場所で車を停めてもらう。

「本当にここでいいの？　家の前まで送るけど」

「いやいや、いいから！　ここでじゅうぶん近いから!!」

心配そうな文屋さんに体を向け、改めてお礼を言った。

「今夜はありがとう。あと、お土産(みやげ)も。明日……ていうか今日か。おやつで食べるね」

別れ際だし、お礼の意味を込めて彼に笑顔を向ける。すると、文屋さんがなんとも言えないような、難しい顔をした。

「あー……キスしたい」

「だめー」

顔の前で手を交差してバツを作る。すると、文屋さんがわかりやすく項垂(うなだ)れた。

「なんだよ、生殺しだろこんなの」

「言ってる意味がよくわかんないけど、じゃ、帰ります。送ってくれてありがとね」

車を降りて、ドアを閉めた。すぐに開いた窓を覗き込んで小さく手を振ると、文屋さんが口の端をくいっと上げた。

「また誘うから。おやすみ夏凛さん」

「お……おやすみなさい」

「行っていいよ。ほら」

見送ろうと思ったら、なぜか先に行けと言われてしまう。見られているのはこそばゆいけれど、行かないといつまで経っても帰れない。

「じゃ、じゃあ」

歩き出して、しばらく進んでから脇道に入る。その前に振り返ったら、まだ文屋さんの車が停まってる……というか、彼が車から出て、私を見送っているではないか。

「ちょ……！　いいから！　行って！」

さすがにあまり大きな声は出せないので、手で行けと合図する。すると彼は笑いながら、私がしたのと同じように手で「行け」と合図した。

――もう……‼　本当にいいのに！

困惑しながら脇道に入った。まだ見送っているかどうか気になったけど、振り返ったら負けのような気がして、そのまま自分のアパートに走った。

二

文屋さんの部屋に誘われた翌日。

ベッドの上で休日の惰眠(だみん)を貪(むさぼ)っていた私は、今更ながら自分の身に起こったことを思い返していた。

――文屋さんとキスしちゃったな。

突然ああいう流れになって混乱してしまったけれど、よくよく考えたら前の彼氏と別れて以来、男性とのそうした接触は初めてだった。

――この年になって、六つも若い男性とキスをするなんて……びっくりすることがあるもんだ。

それに文屋さん、めちゃめちゃキスが上手かった。流れがスマートというか、優しすぎず強引すぎない力加減が絶妙だった。あれは相当な手練れだと思う。

イケメンだし、きっとこれまでに数多くの恋愛を経験してきてるはず。そんな人が、なんで私なんかを気に入ったんだろう？

――別に特別美人というわけでもないし。普通だと思うけど……ショップでの対応で、なんかしたかな。それともバイト先？

どちらにしろ、あの人に気に入られるようなことをした記憶など何一つない。それなのに、キスしてくるわ、セックスしそうになるわ、終いには付き合ってくれだとか。

「……若いから勢いがあるのかな……」

いいな、若さって。失敗を恐れずぶつかっていけるなんて、羨ましい。

三十二にもなると、新しく恋愛を始めるのが少し怖い。前回大失敗したせいもあるけれど、次にまた失敗したらきっと立ち直れないし、下手したら男性が苦手になりそう。

もちろん好意を向けられるのは嬉しいし、女性として気に入ってもらえるのもありがたい。だけど、そこから一歩進んだ関係を望まれると、怯んでしまう臆病な私がいる。

「よっこらせっと……」

いい加減起きるかと、ベッドから体を起こした。

これ以上寝ていたら何もできない。休みの間にやると決めている掃除やシーツの洗濯をしなくては。でもその前に、まずはご飯。

キッチンで残り物を漁っていると、スマホからメッセージ受信のアラームが聞こえた。

なんだ？　と思いながら画面を覗き込むと、メッセージの送り主は文屋さんだった。

「え。昨日の今日で？」

とはいえ、送ってもらった時はすでに深夜零時を過ぎていたので、今日だけど。

なになに……とメッセージを確認する。

【昨夜はどうも。次の休みは二人でどこかに行かない？】

早速のお誘いには、正直、困惑しかない。

この状況を独身の友人達が知ったら、何もったいぶってるのとか怒られそうだ。

でも、休日は可能な限り体を休めたいし、家のことをしたい。そうなると人と会うのは二の次になってしまうというか、今の私の中で恋愛は優先順位が低いのだ。

だけど、あんまりきっぱり断るのも申し訳ないから、やんわり断ろうっと。

【こちらこそケーキと紅茶をごちそうさまでした。予定が空き次第連絡します】

「これで良し、と」

メッセージを送信して、またスマホを定位置のベッドの上に置いた。

休みが明けた翌日。

セレクトショップの勤務中、ふと、この前文屋さんが言っていたことを思い出した。

「そういえばさ、顧客の文屋さんって覚えてるかな、すごい上品な感じの……」

近くで品出しをしていた富樫さんに尋ねたら、はい。と返事があった。

「覚えてますよ〜。文屋さんってすごく綺麗な人だったし、口調が柔らかくて素敵な方だったから……。文屋さんがどうかしたんですか？」

「それがさ、この前文屋さんの息子さんを接客したって話したでしょ？　その人情報だけど、文屋さんってお菓子作りの先生らしいの」

「えっ！　そうなんですか」

「うん。なんか、息子さんもお菓子作りが上手くて。理由を聞いたら、お母様がお菓子の先生っていう環境で育ったから自然と上手くなったたって………あ」

しまった、喋り(しゃべ)すぎた。

案の定、富樫さんが私を見て変な顔をしている。

「あの……息子さんに聞いたって、どこで……？　お菓子作りが上手いってどういう状況で知ったんです？」

——あああ、しまった、やらかした。

「あのね……その……、ちょっと縁があって……」

「ここでは普通の接客しかしてませんよね？　どこでお菓子作りが上手いなんて話になったんで

す？　もしかして別のところで会った、ってことですか？」

「いやー、それがちょっと……外でね、偶然会っちゃって……」

富樫さんには、勤務後にバイトしていることを話していない。さすがにそれがバレたら心配されるから絶対に言えないのだ。

「それで、お茶したの。その時に向こうが、お菓子作りが趣味だって言ってて……」

とりあえず、この説明で富樫さんは納得したらしい。ひとまず安心だ。

「そうですか……。にしても、外で会っただけでお茶するなんて、よっぽど気が合ったんですねえ、文屋さんの息子さんと。……で、文屋さんの息子さんはどんな人なんですか？　あの時はバックにいたので顔を見てないんですよね。ちょこっと声を聞いたくらいで」

「あー、そっか……。えーっとね、若いよ。二十六歳だって。そんで、プロダクトデザイナーをしてるみたい」

会社名は忘れたけれど、肩書きだけはしっかり覚えている。身近にいない職業だった、という理由もあるけれど。

「プロダクトデザイナーですか……。名刺とかってもらったんですか？」

「うん、もらった。今持ってないけど」

ふーん、と富樫さんが手を止めた。

「名前と職業で検索したら出てきそうですよね、そういう職業の人って」

「ああ、なるほど……。時間があったらやってみようかな」

文屋さんがどうこうというか、プロダクトデザイナーがどんな仕事なのかは少々気になる。家に帰ってから調べてみよう。

……なんて思っていたのだが、待ちきれずに昼休憩の時にスマホで検索してしまった。

すると、出るわ出るわ。文屋さんの名前から肩書き、出身大学に経歴まで、しっかりネットに公開されていた。

更にそれだけでなく、雑誌のインタビューを受けている画像まで出てきて、度肝を抜かれてしまう。

【新進気鋭の若きプロダクトデザイナー。文屋才門】

——なんかすごい見出しつけられてるし。

呆気にとられながら、インタビュー記事を読み込んだ。

文屋さんは今の会社に入る前は、大手のデザイン事務所にいたらしい。そこに在籍している間に、数々のデザインが大手企業に採用されるなど大躍進。去年、有名デザイナーが独立して立ち上げたデザイン会社に移籍し、今に至る……と。

記事には文屋さんの実績がいくつか載っていたけれど、名だたる大企業の名前がずらりと並んでいて、思わず「うっそ」と、声が出てしまった。

「あ……あんなに若いのに……何この活躍っぷりは……」

こんなにすごい人だなんて知らなかったから、結構雑に扱っちゃったけど、大丈夫かな。

不安になったのは数秒。

――……いや、仕事とプライベートは別だもんね……。気にしないでおこう。

スマホを閉じて、目の上辺りにある眼精疲労に効くツボを刺激する。

文屋さんがすごい人だってことはわかったけど、それと付き合うかどうかは別だから。

やっぱり恋人はいらないし、ましてあんな若い人と付き合う自信なんかない。……そもそも、あんなすごい人なら、もしかしたら私生活は気難しいかもしれないし。うん、やっぱり付き合うのはないな。

そう思いながら休憩を終えた私は、店に出てまた仕事を再開したのだった。


文屋さんからデートに誘うメッセージが来てから数日経過した。

こちらから連絡しますと言ったきり、連絡はしていない。だって暇がないもの。

――そう、暇じゃないから。嘘じゃないし。

そんなことを考えながら、いつも通り昼間の仕事を終えて、バーのバイトに勤(いそ)しんでいた。

しかしこの夜、暢気(のんき)にしていられない出来事が起こってしまう。

「よっ！」

終了時間間際の二十二時五十分頃。お客様が帰ったあとのテーブルを拭いていると、店に文屋さんが現れた。

きっちりスーツに身を包んだ彼は、仕事帰りだろう。

帰りがこんなに遅いことにも衝撃を受けた。

「……こ……こんばんは……」

――なんでいるの……！

本来ならいらっしゃいませ、と言うべきなのだが、驚きすぎて普通に挨拶（あいさつ）してしまった。

「あっ、いや!! いらっしゃいませ、いらっしゃいませ、お一人ですか……」

「うん。ていうか、夏凛さんを迎えに来たんだけどね」

「は？　私を？　なぜ……」

約束なんかしてないし、連絡も来てない。だから、どうしてと困惑する。

「なぜって決まってるでしょ。夏凛さんが全然連絡をくれないから。このままフェードアウトしようとか思ってなかった？」

「……」

――思ってました……

図星を突かれて言葉がない私に、文屋さんがため息をつく。

「ひってえなぁ。俺本気だって言ったよね？」

「いや、あの……信じてないわけじゃないんだけど。……じゃなくて、本当にデートの時間は取れないから連絡しなかっただけです」

「忙しいのは重々承知してるけどね」

カウンターに戻ろうとしたら、文屋さんがあとをついてくる。今はカウンターに常連のお客様が一人いるだけで、他のお客様はいない。

椅子が空いていることだし、とりあえず座ってもらうか。

「……せっかく来てくれたんですし、一杯どうですか。私、奢りますよ」

「……じゃあ、一杯もらおうかな。でも、奢ってくれなくていいよ、自分で払うから」

カウンター席に座った文屋さんに、私はお水とおしぼり、それからメニューを渡す。

「この前はノンアルコールでしたよね。今日はどうしますか」

「んー……じゃあギムレット」

「かしこまりました」

ギムレットはジンベースのカクテルで、ライムジュースと辛口のジンのキレのある組み合わせが人気のカクテルだ。アルコール濃度も高め。

宮地さんにオーダーを伝えてから、仕方なく文屋さんと向き合うことに。

「……あのですね。私、もう上がる時間なんですよね」

「知ってる。その時間を狙って来たから。送ってくよ。そうでもしないと夏凛さん、相手してくれないでしょう」

「まあ……そうですね……」

渋い顔をしている私を見て、文屋さんが苦笑している。

「俺なりに夏凛さんに会いたくて必死だってこと、わかってよ」

——ま、参ったなあ……

何もこんなところで言わなくても、と思いながら隣を見ると、宮地さんと常連のお客様がふいっと顔を逸らした。

――聞かれてたよね、今の……

尚更恥ずかしい。もうやだ、帰りたい。

「そんなこと言われても困ります」

きっぱり言い放ったあと、宮地さんができあがったばかりのギムレットを文屋さんの前に置いた。

「どうぞ」

「ありがとうございます、いただきます」

逆三角形の形をしたカクテルグラスを指で持ち上げ、文屋さんが口を付ける。

「……ん。うま」

「ありがとうございます」

「この前のノンアルコールドリンクも美味かったけど、やっぱアルコール入ってる方が美味いですね」

でしょでしょ、と心の中で頷く。

宮地さんの作るドリンクはどれも美味だし、見た目も美しい。私も最初にこの店でオーナーにカクテルをご馳走になった時、その見目麗しいドリンクに一目惚れしたのだ。

「じゃあ私、そろそろ上がる時間なので……」

そうこうする間に上がる時間になった。このまま文屋さんを置いて帰ったら、あとですっごく文句を言われそうだけど、面倒事はごめんだ。飲んでいる隙に逃げるべし。

「夏凛さん」

　バックヤードに下がろうと一歩あとずさったところで、強めに名を呼ばれて、ビクッとした。

「まさか俺を置いて帰ろうとかしてないよね……？　そんな残酷なことはしないよね……？」

「えっ。いや、あの……は、はい……」

　NOとは言わせないという文屋さんの圧に負けてしまう。

「すぐ飲み終わるから待ってて。あ、なんなら先に帰る準備してきていいよ。一緒に帰ろ？」

　――マ、マジですか……

　すぐ近くにいる宮地さんに視線を送ったら、なぜか小さく首を横に振っている。まるで、「諦めた方がいいんじゃない？」と言っているようだ。ちなみに、宮地さんの前にいる常連さんも苦笑していた。

　――もー、絶対あとで話のネタにされそう……

「……わかりました。用意してきます……」

　観念した私は、すごすごとバックヤードに引っ込み、着替えをして店に戻った。

　さっきはまだギムレットに口を付けた程度の文屋さんだったが、本当に私が戻るまでに飲み終えていて度肝を抜かれる。

「えっ……!!　ほ、本当にもう飲んだんですか？　お酒弱いんじゃ。ショートドリンクですよ!?」

「うん。俺、実は酒強いんだわ」

「えっ？　じゃあなんでこの前はノンアルコールを……？」

ああ、と文屋さんが席を立った。もう精算は済んでいるらしい。

「あの日一緒にいたの会社の上司なんだよ。下手に酒に強かったりすると、接待に駆り出されるらしくてさ。特に二次会とか、お姉さんのいるお店とか？　だから表向きはずっと酒が弱いってことで通してる」

「へえ……そ、そうでしたか……」

「うん。じゃ、帰ろうか。マスターごちそうさま！　夏凛さんは俺が責任持って送っていきますんで」

余計なことを！　と思って宮地さんを見れば、笑顔で「よろしくね～」なんて言ってるし。

「ち……違います……!!　私達は別にそういう関係では……」

「ほら、行くぞ～」

宮地さんに弁解している私の背中を、文屋さんが出入り口に向かってぐいぐい押してくる。結局しっかり関係を否定できないまま、私達はバーを出てビルの外までやってきた。

「文屋さん、ちょっといいですか」

「はい」

歩道の端っこに移動し、文屋さんと向かい合う。

「さっきも言ったけど、私、予定が空(あ)いたら連絡するってメッセージ送りましたよね？」

「そう言われても、こっちだってスルーされるのはたまんないんで。それに俺、好きな女性には結構自分からいくタイプだから」

「……そうですか……」

困惑する私の前で文屋さんが微笑む。

「まあ、それはそれとして、遅い時間に帰宅する夏凛さんが心配だったから、ってのもある。今日のところは意識してくれなくてもいいから、普通に送らせてよ」

「え。いや、そんな。いいですよ、慣れてるし」

丁重にお断りしたら、なぜか文屋さんが鬼の形相(ぎょうそう)で迫ってくる。

「慣れてるとかそういう問題じゃないから！　世の中、いつどこでおかしな男が現れるかわかんないんだし、用心するに越したことはないんだよ！」

「それは、そうかもしれないけど……ていうか、近い……」

私に顔を近づけてくる文屋さんを、軽く手で押し返した。

――心配してくれるのはありがたいけど、ぐいぐい来すぎ。

でも、こんな時間にわざわざ店まで来てくれたんだから、その好意に甘えさせてもらおう。

「……わかりました。じゃあ、自宅の近くまでお願いします……」

「ドアの前まで送るけど」

「そっ……!!　そ、それは、遠慮します!!」

それにまた、文屋さんがムッとする。

「なんでさ。俺、強引に上がり込んだりしないけど」

「そういうんじゃなくて……」

ボロアパートだから見られたくない、と喉まで出かかったけど、別にこの人にどう思われてもいいんじゃない？　と思い直した。

――ダブルワークもバレちゃってるんだし。もういいや。

「ま、いっか……わかったよ」

「やった。……それにしても、夏凛さんは身持ちが固いね」

最寄り駅に向かいながら、文屋さんが隣に並んでくる。時間が遅いので、歩道を歩く人も少ない。なんだかこうしていると、文屋さんと散歩してるみたいだ。

「……そんなこともないけど。ただ、前にちょっと痛い目に遭ったから、慎重になってるだけだよ」

「痛い目ってどんな？」

――まあ、そんな風に言われたら、気になるよね。

「んー……結婚しようとしてた人が、私のお金を当てにしてたこととか？　なんかねえ、貯金ができない人だったんだよね。私も付き合ってる時に気が付かなかったからいけなかったんだけど」

どんな反応をするかな、と思って文屋さんを見る。すると、口を開けてポカンとしていた。

「貯金ができない……？　まさか、結婚費用を、全額夏凛さんに出させようとしたってこと？」

「あと、生活費も。……でも、実はそれだけじゃなくて」

「何」

間髪を容れずに聞き返される。

「……結婚したら、起業したいって言われたの、その人に。それはまあいいとして、結婚話が持ち上がってからそれを切り出されたうえに、よくよく聞いたら起業は生まれ育った地元でしたい、でも金がない、だから起業資金を出してくれないかって言われてさ」

「……は？　貯金もないのに起業したいって言ったの？　その人」

文屋さんの声がボリュームを増した。

「そう。それが決め手になって、ああもうこの人とは無理だなって。それで、別れたあと、電話番号を変えて、住んでるところも職場も、利用していた駅も全部変えて、二度と会わないように逃げたの」

「うわ……」

さすがの文屋さんも、これには絶句しているようだ。

「私が恋愛に慎重になるのも、わかるでしょう？」

「わかるっちゃわかるけど……でも俺は、間違っても彼女に結婚費用や、起業資金みたいな大金を出してもらおうなんて思わないけどな」

「ふふ。かっこいいじゃん」

素直に、文屋さんがかっこよく見えた。

――そうだよねえ、あの時、彼がそう言ってくれたら、きっといろいろ違ってたんだよねえ……

「当たり前だろ。そんなの、彼女を財布としか見てないじゃん。それで好きだとか結婚しようとか、よく言えんな、って思う」

淡々とした口調ながらも、それが彼の本心だとわかる。

そんな文屋さんに、自然と頬が緩んだ。

「文屋さん、いい人ね。やっぱモテるでしょ」

「……だから。好きな人にモテなきゃ意味ねえっつうの」

不機嫌そうに言われて、ついあはは、と笑ってしまった。

「まったく……。夏凛さん、俺を弄んで楽しい？」

「えっ!?　やめてよ、弄んでるつもりなんか毛頭ないから。ただ、どうして私が恋愛に消極的なのかをわかってほしかったの。文屋さんがどうこうって言うんじゃないのよ」

文屋さんは正面を見たまま、なぜか難しそうな顔をする。

「でもさ、前にどんなことがあったとしても、それを忘れるくらい素敵な人と巡り会えたら、恋愛をしようっていう気にならない？」

「うーん……。まったくないとは言えない、けど……でも……」

そりゃあ、自分の理想が実体化したような、最高の男性にプロポーズされたら、気持ちがぐらつきそうだけど。

でも、どうかな。一人でいる今もじゅうぶん楽しいし、充実している。

「その時になってみないとわかんないかな。以上です」

「なんだよそれ」

文屋さんにクスッと笑われる。

話しているうちに駅に到着した。そのまま改札を通ろうとしたのだが、なぜか文屋さんが私を別の方向へ連れて行く。

「時間も遅いし俺も帰りの足が心配だから、タクシーで行こうぜ」

「あ……うん」

確かに今からだと文屋さんの帰りの足がなくなりそうだ。それはさすがに申し訳ないので、素直にタクシーに乗り込んだ。

運転手さんへは文屋さんが行き先を伝えてくれた。え、と思ったけど、そういえばこの前送ってもらったから、彼は私がどの辺りに住んでいるか知っているのだった。

「ありがとう」

お礼を言ったら、彼は少しだけ照れたようにはにかんだ。

「どういたしまして。ていうか、夏凛さんさ」

「うん？」

「ダブルワークって、どうしてもしないとだめなの？」

文屋さんがじっと私を窺ってくる。

なんで急にこんなことを言ってくるのかわからなくて、目が泳いでしまう。

「……べ、別に、だめじゃないけど、稼ぎたいから」

「稼ぎたいって言ってもさ、毎日こんな遅い時間まで働くのは大変だろ？　昼間の仕事もあるんだしさ。今はよくても、長く続けてたら体調を崩すかもしれないよ？　俺が一番心配してるのはそこなんだけど」

私を見つめる彼の目が、心から心配だと訴えてきているようだった。

まだ知り合って間もないのに、ここまで心配してもらえるのは、嬉しいような、こそばゆいような、不思議な感覚だった。

だけど、今のところまだ、私の中に仕事を減らすという選択肢は存在しない。

「ん～～……確かに、もう無理だと思ったら、もちろんやめるけど……今のところ体調いいし」

「……逆にさ。どうなったらやめようと思うわけ？」

なんだ、今日はなかなか引かないな。

「えー……どうって、どうだろう……。貯金が目標額に達したらとか？　それか、生活環境を変えたくなる何かが起きたりしたら、とか……」

「生活環境を変えたくなる何か、とは。具体的にどういったこと？」

「うーん……。たとえば、急に実家に帰らなきゃいけなくなるとか、ありえないと思うけど、結婚とか？　そうなったら、さすがに今みたいな生活は続けられないかな……」

他にもきっかけは何かあるだろうけど、今思いつくのはこれくらい。

すると、なぜか文屋さんが急に真顔になる。

「……そうか……なるほどね」

「うん。だから、悪いけど付き合うのは……」

これでわかってくれただろうと思っていたら、なぜか急に、文屋さんに手を握られる。

「な、なんですかこの手は……？」

「夏凛さん、俺と結婚しよう」

タクシーの中が一瞬シーンと静まり返る。運転手さんはほとんど言葉を発しないけれど、なんか耳を立てられている気がした。さっきルームミラー越しに目が合ったから。

「ちょ……!!　は？　いきなり何を言ってるんですか!!」

「だって、結婚すれば今の生活やめるんでしょ？　なら、俺と結婚しようよ。そうすれば生活費だって折半……いや、俺の給料だけでやっていけるし、夏凛さんも、今みたいに朝から晩まで働かなくてもよくなるよ」

びっくりしすぎて言葉が出てこない。

口をパクパクしている私に、文屋さんが尚も畳みかけてくる。

「だからさ、本気で俺との結婚を考えてみてよ。俺、絶対夏凛さんを幸せにするし」

「ま、待て待て待て……!!」

運転手さんと文屋さんを交互に見る。ありがたいことに運転手さんは、頑としてこっちを見ないし、聞こえないふりをしてくれている。

「何を一人で突っ走ってるの！　私にはそんな気はないって言ってるでしょ！」

「いや、一応俺の気持ちは知っておいてもらった方がいいかと思って。俺は、夏凛さんと結婚したくて仕方ないから」

「なんでっ!?　一体私のどこにそこまで惚れたって言うの？　まだ数回しか会ってないのにっ」

運転手さんに全部聞かれていることは理解している。でも、会話を止めることができない。

「えー、それは……ほら、大体初対面で決まるっていうか。パッと見た感じ、綺麗なお姉さんだなって思ったし、親切に対応してくれて更に印象良くて。そんで偶然入ったバーでまさかの再会でしょ？　これに運命感じなくて何に感じるのって話」

「それだけで結婚したいの？　……なんか、信じられない」

なんとなく肩透かしを食らったというか、明確な理由がないことを少し残念に思った。

――もっと私のどういうところに惚れたとか、ここが好きだとか……ないの？

「そんな理由じゃ、結婚を考えることなんかできないです」

握られていた手を離し、正面を向く。

隣の文屋さんからは、「なんで」という不満そうな声が漏れた。

「なんでと言われても、そんな理由じゃ納得できないし。そもそも私、あなたに恋愛感情を持ってないから！　無理なものは無理なの」

キツく言いすぎたかな、とも思ったけど、彼の場合、これくらい言わないと通じなそうだ。

「ふーん……でも、友達だよね、俺ら」

「ん？　……ま、まあ」

正直、友達かどうかも怪しいところだけど。でも、今現在こうして送ってもらっている以上、突っぱねるのも悪い気がして、頷いた。

「……友達なら、休みに一緒に出かけたりするのは普通だろ？　だから、今度二人で出かけようよ」

「え」

「夏凛さんの休み、日曜でしょ？　次の日曜はどう？」

「えええええ」

ぐいぐい来る文屋さんに腰が引ける。まさかこれって、出かけるまでずっと言われ続けるの？

そう思ったら、今行っておかないといけないような気がしてきた。

「……っ、ご、午後だったら……」

「ほんと？　やった！　じゃあ次の日曜な」

文屋さんがスマホを取り出して、フリック入力で何かを打ち込んでいる。

正直言って、強引に押し切られた感がすごい。でも、笑顔で予定を入力している彼を見ていると、なんだか憎めないというか、まあいいかという気にさせられてしまう。

「もー……強引なんだから。言われたことない？　強引だって」

「いや？　あんまり。俺、女性を自分から誘うことって今までほとんどなかったから」

「……なんですって？」

じゃあなぜ私のことはここまで強引に誘うの？

——え……ちょっと待って。それって……それだけ私のことが好きってこと……？

頑として揺れなかった私の心が、小さくぐらついた。

ここで彼に気持ちを許したら、一気に持っていかれそうな気がして、無理やり気持ちを引き締める。

「じゃあ、今度の日曜の……そうだな、十三時くらいでいい？　家に迎えに行くから」

「あー……う、うん……わかった……」

不安を残したまま、休日の約束を交わしてしまってから、本当によかったのかな……？　と迷う自分がいる。

そうこうしているうちに、タクシーが私の住むアパートに近づいた。

運転手さんに、どこで車を停めるかを伝えて、財布を取り出した。メーターに出ている金額を文屋さんに渡そうとしたら、やんわり拒否された。

「いいよ。俺が送りたくてしてることだから」

「いや、それでもさ……。文屋さんの家に着く頃には結構いっちゃいそうだし」

「いーから。その分、今度のデートで返してくれればいいよ」

言われたことを真剣になって考える。

――返すって、何を……？

でも答えが出る前にタクシーが目的地に到着してしまう。

「あ、ありがとうございました。……じゃ、また。送ってくれてありがとう」

結局お金は渡せないまま、文屋さんにお礼を言って車を降りた。……のだが、なぜか文屋さんまで車を降りてきてギョッとする。

「なんで一緒に降りてんの!?」

「いや、部屋の前まで送ろうと思って。運転手さんに言ったら、笑顔でメーター止めてくれたよ。いい人だね、あの人」

――もしかして今までのやりとりを全部聞いていたから、何か思うところがあったのかもしれない……。

ぼんやりと勝手な想像をする。しかし、このままだと文屋さんに私の住んでいるボロアパートをお披露目することになってしまう。

いや、いいんだけど。住めば都だし気に入ってるし、問題はないんだけど。

――絶対なんか言われそう……

ため息をつきながらアパートまでの道を歩く。

「車停めたところから結構歩くじゃん。もっと近くに停めてもらえばよかったのに」

「……あの。実は、私の住んでいるアパート、かなり古いの。だから文屋さんがびっくりするんじゃないかと思って、敢えて離れた場所に停めてもらったわけ」

事実を明かすと、文屋さんが「はあ？」と素っ頓狂な声を上げた。

「古いって……そんなに？　もしかして、ドアホンとかない？」

「ないよ」

「風呂は」

「それはある」

風呂なしなんて言ったら、めちゃくちゃ驚くだろうな。などと思っていると、アパートが見えてきたので、一旦立ち止まった。

「あそこです」

アパートを前にして、文屋さんが無言になる。ちらっと見た横顔は、やはり衝撃を受けているようだった。

――まあ、そうだよね。ちょっとびっくりするよね。

「夏凛さん」

「はい……」

「引っ越そう」

「無理」

きっぱり断ったら、なぜか腕を強めに掴まれた。

「なんでだよ……!!」

あれ、怒ってる?

「だって家賃安いし、住み慣れたら居心地もいいし……」

「だったら俺の部屋に来なよ。セキュリティもしっかりしてるし、少なくともここに住むよりは安全だろ」

「だーかーらー!! 私達はそんな関係じゃないでしょ!!」

きっぱり断りながら、文屋さんの手を腕から外す。

実際、私達はまだ付き合ってすらいない。その事実を突き付けられて、文屋さんの顔が苦痛に歪(ゆが)

んだ。

「くっ……そー……だから早く付き合ってよ」

「付き合ってって……そんな簡単なもんじゃないでしょうが。……とにかく、心配してくれるのはありがたいけど、本当に大丈夫だから！」

文屋さんは、まったく納得してなさそう。

「……だってここ、めちゃ壁薄そうじゃん……」

「まあ実際薄いけど。でも、お隣さんもいい人達だし、ほぼ寝るためだけに借りてるような部屋だから」

「寝るだけだったら、うちでもいいだろ」

「はは。じゃあね、おやすみなさい。送ってくれてありがとう」

強引に話を切って、文屋さんと別れた。アパートの外付け階段を上がって、部屋の前で文屋さんがいた辺りを見下ろすと、まだいた。おやすみとかじゃあねとか、何か言いたかったけれど深夜だし、周りの迷惑になる。だから小さく手を振りつつ、口パクで「おやすみ」と言った。それを受けて文屋さんも、同じように手を振り返し、口パクで「おやすみ」と返してくれた。

――なんだかんだ言って、文屋さんって優しいよね。

家まで送ってくれたり、ボロアパートを見て本気で心配してくれたり。

あの人がいい人だということはよくわかった。

だから尚更、その気のない私なんかやめて、もっといい人と付き合えばいいのに。

そんなことを思いながら、自分の部屋に入りドアを閉めた。

文屋才門――六つも年上の私みたいな女と付き合いたいとか、結婚したいとか言ってくる珍しい男。

さっさと寝ようと思って布団に入ったのに、なんとなく彼のことが気になって、再びスマホで彼の名前を検索してしまった。

この前見た経歴や雑誌記事の他に、もっと何かないかなーと情報を探っていたら、動画配信サイトで彼の名前を見つけた。

――動画？

それは彼と同じプロダクトデザイナーが配信している動画で、そのほとんどが仕事の紹介なのだが、そのうちに数回、同業者と対談をしている回があり、そこに文屋さんが参加していたのだ。

「こんなこともしてるんだ……」

思わず画面に見入る。

配信者らしき人の部屋で、ハの字形に置かれたソファーに座って対談するというスタイル。

配信者は笑顔を絶やさないけれど、文屋さんはというと……これって営業スマイルかな。ちょこちょこ笑顔にはなっているけれど、話している時は基本真顔。

――なんか、初めて会った時の文屋さんみたい……

話し方も静かで、淡々としている。聞かれたことに、間を置かず簡潔に答える姿から、彼の聡明さが見て取れた。

「私の前と別人みたいじゃん……」

この動画を観ているると、どっちが本当の彼なのかがわからなくなる。

そして、冷静になった。

画面の中にいるこの若くて仕事もできるイケメンが、わざわざ六つも年上の私に本気になるわけがない、と。

動画を途中で止めて、スマホを閉じた。明日も仕事だし、さっさと寝よう。

そのまま目を閉じて、おそらく数分後には夢の中にいた。

なんだか夢に文屋さんが出てきたような気がしたけれど、朝起きた時には夢の内容はまったく覚えていなかった。

三

文屋さんと約束した日の朝。といっても、もう昼前だけど。

いつもより少し早い時間にダラダラ起き出して、まずは洗濯と掃除をした。部屋が狭いので、掃除はあっという間に終わる。その点もこの部屋を気に入っている理由の一つだ。

時間的にしっかり食べてしまうと、すぐに昼食の時間になりそうなので、軽く食パンとコーヒーで済ませた。

——さてと、そろそろ出かける準備をするか……

今日は、初めて文屋さんと二人で出かける。つまりデートということだ。しかし、六つも下の男性と出かけた経験などないため、どんな格好をすればいいのか迷う。

「悩んでも仕方ない。合わなくても、まあそれはそれでいいか」

私の持っている服は、基本的に勤務先で社割購入したものが多い。店の商品は値の張るものも多いけれど、中にはお手頃な価格のものもあるので、そういうのを狙って購入している。

悩んだ結果、今日は膝が隠れるくらいのAラインスカートにミドルブーツを合わせた。

そして、トップスはセーターにする。お洒落にも防寒は大事なので。

準備を終えてあとは彼の連絡を待つだけなのだが、どこまで迎えに来るつもりだろう。

——駅で待ち合わせにすればよかったかな……

でもアパートも知られちゃってるし、今更か。

連絡が来るまで、部屋の片付けをしたりしながら時間を潰す。すると、待ち合わせ時間の十分前に、スマホにメッセージが届いた。

【部屋の前にいる】

「……へっ」

——前、って。そこにいるってこと⁉

慌ててバッグを掴んで玄関に向かった。とりあえずミドルブーツに足を突っ込み、ドアを開ける。

そこには本当に、うっすら笑みを浮かべた文屋さんが立っていた。

今日の文屋さんの出で立ちは、太めのパンツにスニーカー。ハイネックのシャツにジャケットを合わせたスタイルだ。首が長いからハイネックがよく似合う。

「よ。お待たせ」

「〜〜〜〜よっ、じゃないっ……!! 部屋の前まで来るなら事前に教えてくれればよかったのに……！」

「ああ、ごめん。部屋の前まで迎えに行くよ」

「遅いわっ。もう……、まだブーツ履いてないのに……」

文屋さんが私の足下に視線を落とす。

「なら、玄関で履きなよ。まだ鍵閉めてないだろ？」

「え？　いや、いいよここで……」

と言っているのにもかかわらず、文屋さんが私の肩を掴んで、ドアの方へ体を向けさせた。

「いーからいーから。俺が早く来すぎたのがいけないんだし。さ、ゆっくりどうぞ」

「は？　何、急に……。じゃあ、ちょっと待ってて。履いてくる」

私がドアを開け、部屋の中に戻ろうとしたら、なぜか文屋さんまで一緒に入ってきた。狭い我が家の玄関は、大人が二人もいたら身動きがとれない。

「ちょっと、なんで文屋さんまで入ってくるの……？」

「へえ、ここが夏凛さんの部屋か。綺麗にしてるね」

彼の目が捉（とら）えているのは私ではなかった。玄関から丸見えのリビングや、小さなキッチンといった、部屋の中を興味深そうに眺めている。

しまった。この人の狙いはこれだったか……!!

「ちょっと……、ここまで来た目的は私の部屋？」

「バレた？」

ちらっと私を見てから、ふっ、と微笑んだ文屋さんに、やっぱりと思った。

「もう……見たいなら見たいって正直に言えばいいのに」

玄関に腰を下ろし、ブーツを履く。

「夏凛さん、俺が部屋の中を見たいって言ったら、すんなり見せてくれた？」

「……いや。すんなりは見せない。きっと抵抗すると思う」

「だからだよ」

文屋さんがクックック、と肩を揺らす。でも、部屋の中を見たがったわりには、玄関から先に進もうとしない。そんな彼を、ちょこっと見直した。

――強引だけど、ちゃんと気を遣ってくれるんだよね、この人……

「よし、履けた」

ブーツを履き終えた私が立ち上がろうとしたら、すかさず文屋さんがスッと手を差し伸べてくれる。

「どうぞ」

「あり、がと……」

急に女性扱いされると調子が狂う。

平静を装いつつ彼の手を取って立ち上がり、そのまま玄関を出てドアを閉めた。

「今日の夏凛さん、可愛いね」

私の上から下まで視線を走らせると、満足そうに微笑まれる。

「ど、どうもありがとう」

「俺のためにお洒落してくれたってことでしょ？　最高だね」

いつもよりテンション高め？　と思われる文屋さんの後ろを歩く。しかし、階段にさしかかったところで、彼が足を止めて振り返る。

「ん」

また手を差し出された。

「え？　何？」

「階段危ないから。ほら」

——ここの階段なんて下り慣れてるのに……!!

断ろうと思ったけど、初っ端からデートの雰囲気を悪くするのもなーと思い直す。

「わかりました。……じゃあ、はい」

文屋さんの手に自分の手を重ねたら、指を絡めて握られる。

「どうぞお嬢さん、足下に気をつけて」

「くっ……なんかムカつく……」

構われているのはわかってる。悔しいけれど、握られた手が優しくて、なんだか胸がドキドキしてきた。

――ちょっと私……。デートは始まったばかりなのに、手を握られただけでドキドキしてちゃだめじゃない……!!

早々と文屋さんのペースになっていることに不安を覚える。

「ところで、ここまではどうやって来たの？ 電車？」

「いや。手っ取り早く夏凛さんと二人きりになりたくて、車で来た。でも、この辺のコインパーキングがなかなか空いてなくてさ、いくつか回ってやっと見つけたんだよね」

「そ……それは、ご苦労さまです……」

枕詞みたいな最初の言葉が若干気にかかるけど、うちの近所にはあまり駐車場がないので、探すのはきっと大変だったと思う。

「いや、全然苦じゃないよ。こんなに可愛い夏凛さんとデートできるだけでチャラだから」

「ねえ、さっきから何、その変な枕詞みたいなの……」

手を繋いで歩きながら、半歩前を行く文屋さんに問う。

「今日は全力で夏凛さんを口説こうと思ってるから、楽しみにしてて」

「ええ!? ……そんな宣言されても困るんだけど……」

「それより、このあとなんだけどさ」

あっさり会話をぶった切られたが、まあいい。私もこのあとのことは気になっていたから。

「ああ、うん……どこに行くの？」

歩いているうちに住宅街を抜けた。あと少しでいつも利用している最寄り駅に到着するというところで、文屋さんが駅の裏側に行く道に入った。

――あー、そういえば、こっちにもパーキングがあったな……

「それがさ、俺、あんまり店とか知らなくて、昨夜ネットで調べまくったんだけど」

「そうなの？　文屋さん、いろんなところ知ってそうなのに」

「いや。俺、接待以外であまり外食とかしないから。交友関係も狭いし。だから、今日は飯食って街ブラするとかでもいい？」

なんだ、そんなことか。

「いいよ。むしろ楽しみかも。街ブラすごく久しぶり」

ちらっと見た文屋さんは、私の反応に安心しているように見えた。

「そう？　よかった」

――もしかして、文屋さんも悩んだりしたのかな？

私が服装を悩んだように、文屋さんも今日についていろいろ考えてくれたのかもしれない。お互い様だなと思った。

案の定、文屋さんは駅の裏手にある平置きのパーキングに車を停めていた。車に歩み寄った彼が、助手席のドアを開けてくれる。

「どうぞ」

「あ、ありがとう」

　本当に今日は女性扱いしてくれるんだなあと、少し胸がくすぐったくなる。

「とりあえず事前に調べて良さそうだった店に向かうよ。そこでランチかな。そのあとはその店の周辺をブラブラしよう。夏凛さん的には、どういうものが好き？　やっぱり服とか雑貨に興味があったりする？」

　パーキングの精算機で代金を支払い、敷地を出た。そこから脇道に入って、幹線道路に出る。

「そうだね、服とか雑貨は好きだな。じゃなかったら仕事にしないし……店によって、コンセプトとかターゲット層が全然違うじゃない？　そういうのを見比べるのが好きなの。ずっと敬遠してた店を改めて見てみたら、好みのものがあってテンション上がったりするのも楽しいし」

「ふーん……。なんかわかるかも。デザインの仕事でも、知らなかった世界を知るのは必要だと思うし」

「あ、そうだ。この前、文屋さんが出てる動画観たよ」

　デザインの仕事、という単語を耳にして、この前の動画が頭に浮かんできた。その話題を振ったら、運転席にいる文屋さんがすごい勢いでこっちを見た。

「は!?　何を観たって!?」

「え？　ど……動画。……なんか、同じ職種の人が文屋さんにインタビューしてるやつ……」

　私の言葉に、文屋さんがはあ～～……と大きなため息をついた。

なんだこの反応は。

「もしかして、観られたくないやつだった……？」

「……まあ、観られたくないと言えばそうかも。あれ観たら夏凛さん、俺のことスカしたヤツとか思いそうだし」

「スカした……？　いや、どっちかというと真面目な印象を受けたんだけど……。年のわりに考え方や受け答えがしっかりしてたし、できる人オーラが半端なかったな、と」

正直な感想を伝えたら、文屋さんの顔から毒気が抜けていく。

「それなら、いいんだけど……。俺、普段職場とかじゃあんな感じ。というか、いつもああかも」

「そうなの？　私と一緒にいる時とは、なんか雰囲気が違うけど……」

「それは夏凛さんが好きだから」

きっぱり言われて、返す言葉に詰まってしまう。

「つーかさ。好きな人にあんな態度取ったら好かれないだろ？　それに俺、初っ端に振られてるようなもんだしさ。今はどうにかして夏凛さんの中にある俺の印象を良くしたくて必死なわけ」

「あの。別に、文屋さんの印象悪くないよ。そりゃ、最初に会った時はちょっと感じ悪いなって思ったけど、すぐにそれは払拭できたし。付き合えないのは私の方に問題があるからであって」

「もう付き合わなくていい。結婚でお願いします」

こんなに軽いプロポーズがあるか。

思わず隣を軽く睨む。

「だから……この前しないって言ったばっか……」

「あんなので俺が諦めると思う？　無理です。俺、会うたびに夏凛さんのこと好きになってるから」

「なっ……‼　なんで‼」

話している途中、赤信号にぶつかった。信号待ちをしている間、文屋さんがいきなり私の手を掴んでくる。

「なんでと言われても、夏凛さんが俺の好みだから。顔はもちろんだけど、スタイルも話し方も、男に頼ろうとしない生き方も、全部好み。まあ俺も、最初はここまでハマるとは思わなかったけど、あのアパート見たらまた好きになっちゃったんだよね。あ、でもセキュリティ面はすごく心配してるけど」

「なぜ……」

あのアパートのどこに惚れられる要素があるのだろう。

隣で困惑していると、信号が青になったので、文屋さんの手が離れていった。

「だってさ、昼間の仕事では綺麗でセンスのいいお姉さんって感じだったのに、夜にバーでダブルワークとかしてるし。なら、よっぽどいいとこ住んでんのかと思えば、あのアパートだろ。なんか、見た瞬間脱力したわ。つくづく夏凛さんは、俺の予想の斜め上をいく人だって」

「そ、それのどこに惚れるの……？」

「え？　だってかっこいいじゃん。人にどう見られるかを気にしてないってことだろ？　自分をちゃんと持ってるっていうか、あの部屋での暮らしを楽しんでるのが伝わってきたし……」

かっこいいなんて、今まで言われたことがない。

あのアパートだって確かに気に入ってはいるけど、とにかくすぐ入居できる物件に飛びついただけだし。

「……普通、男の人って、女の人の可愛らしさに惚れるもんじゃないの」

「それは人それぞれでしょ。もちろん、夏凛さんのことは可愛いと思ってるよ？」

「本当かなあ～」

「可愛いところもあるし、かっこよくもある。だから夏凛さんのことを好きになったんだって」

「…………そ、そう……」

さっきから照れることばかり言われてる。

こそばゆさが過去最高だし、どういう反応をしたらいいかわからなくて、文屋さんを見ることができない。

「あれ。夏凛さん？　もしかして照れてる？」

「…………まあ。そんなの言われたことないし……」

「そっか。ないのか」

文屋さんの声が弾んでいる。

――喜んでくれるのはいいけど、私はもう恥ずかしくって死にそうなんだけど。

デートはまだ始まったばかりなのに、今からこんなんで大丈夫だろうか。

このまま何事もなくデートを終えられるのか、と今から不安になる私なのだった。


「はい、着いた」

繁華街の中にある商業ビルのパーキングに文屋さんが車を停めた。

大きなターミナル駅があるこの街は、百貨店や商業ビルが立ち並び、休日はどこも人で賑（にぎ）わっている。確かにここにならアパレルからコスメ、雑貨、食品物販からレストランにカフェまで、ありとあらゆる店がそろっている。

「久しぶりに来たなあ、ここ」

彼に続いて私も車を降り、周囲を見回しながらビルのエレベーターに乗り込んだ。

「最近は来てなかったの？」

文屋さんに尋ねられ、頷く。

「まあ……。忙しいし、大概の買い物は近場でこと足りるからね……」

以前は、時間がある時に、よく一人でこの街をぶらぶらしていた。

最近はダブルワークをしていることもあり、なかなかここまで来ることはなくなっていた。

他店のチェックは必要だとわかっていても、ぶっちゃけ面倒なのだ。少ない休日はできるかぎり体力の回復に努めたいし、美容室に行くとか自分のメンテナンスもしたい。

でも、こんなこと言ったら文屋さんのことだ、今すぐバイトを辞めろとか、俺の部屋に来いとか言いそう。

――……まあ、ありがたいけどね。私を心配して自分の部屋に住まわせようとか、そんなこと考えてくれるなんて。

まずは、車を停めた商業ビル内に移動すると、たくさんの人が行き交うフロアが視界に広がった。

「こういうところ最高。一カ所で用事が済むって素晴らしい」

「夏凛さん、心の声が出てるよ」

「そう思わない？　文屋さんだって彼女の買い物に何カ所も付き合わされるの嫌でしょう？」

「俺はそんなこと思わないけど。……ああ、もしかしてそれ、元彼に言われたとか？」

確かにそうなんだけど。

「……だってさ、デートで不機嫌になられたら最悪なんだよ？　せっかく休みを合わせてるのに、不満ばっかり言われたら凹むし。そうならないために必死だったというか……」

「俺は好きな人と一緒にいられるなら、そんなこと気にならない。不機嫌になるってことは、そこでもう相手のことなんか考えてないだろ？　自分のことしか考えてないヤツと一緒にされたくないな」

淡々と話しながら、商業ビルの一階にある施設案内を眺めている。そんな文屋さんに、おお、と心の中で感心した。

――こういう考えの人もいるんだ……。この人本当に二十六かな……

一緒にいると、たまに自分よりも年上なんじゃないかと思えてくる。

「じゃ、早速飯食う？」

「あー、うん、そうだね……」

ふと視線を案内板の向こうにずらすと、若い女性の三人組がこちらをチラチラ見ていることに気付く。

その視線の先にいるのは、文屋さん。

ああ、イケメンだから目を引くんだな……と思いながら彼女達と文屋さんを交互に見ていると、文屋さんに声をかけられる。

「ん？　何」

「あ、いやあの……なんでも……」

「ええ？　……あ」

そこで文屋さんも、正面にいた女性達に気付く。彼女達は文屋さんと目が合ったせいかテンションが上がりキャッキャしている。対する文屋さんはというと、小さく「チッ」と舌打ちして、私に顔を向けた。

「なんだあれ……」

「……文屋さんを見てるんじゃない？　背が高くてイケメンだから……」

「俺、人のこと勝手にじろじろ見る人、苦手なんだよね」

低い声で言い放つと、文屋さんが私の後ろに移動する。まるで、私を盾にして視線から逃れるように。

「まあ、確かにあまり気持ちのいいものじゃないかもしれないけど、文屋さんが目を引くのは事実だから仕方ないんじゃない？」

ずっと案内板を眺めていても仕方ないから、とりあえず、飲食店のあるフロアに移動する。

「意中の人からは好かれてないけどね」

歩きながら文屋さんが私をチラ見する。その顔は、少々ふてくされているようにも見えた。

「好かれてないって……別にそんなことないから。じゃなかったら休みの日に一緒に出かけたりしてないし」

「……え。それって、俺のこと好きになってきてるってこと？」

ぱっとこっちを見た文屋さんの目がキラキラしてる。

「友達としてね」

私の中で自分の印象が良くなっていると知った文屋さんは、さっきより明らかに上機嫌だった。

「今は友達でもいいよ。へえ〜、そっか。俺、印象良くなってるんだ。頑張った甲斐があった」

にこにこしながら、エスカレーターで私の隣に立つ。

「頑張ってたの？」

「そりゃもちろん。俺、普段あんなに女性に話しかけないし」

「……そうなの？　でも、話しかけられるでしょう？」

「いや。全身から声をかけるなオーラ出してるから。仕事以外で話しかけられても喋(しゃべ)んないし。今の会社は女性が少ないからまだいいけど、前の会社は女性も多かったし、結構敬遠されてたと思うよ、俺」

淡々と話す文屋さんを見て、本当かな？　と思ってしまう。

――なんで女性に声をかけられるのがそんなに嫌なの⁇　……もしかして、過去に何か嫌な思いでもしたのかな……？

「……何？」

「んー、もしかして過去になんかあったのかなって。そうでなきゃ、そこまで嫌悪感を顔に出さないだろうと……」

「あー、うん、まあね。いろいろあったよ」

やはりか。と思いながらエスカレーターを降りた。

飲食店が多く入るフロアで、待ち時間がなさそうな店を探す。ざっと見た感じ、イタリアンとフレンチならすぐに席に通してもらえそうだ。

「どっちにする？」

文屋さんが私に問いかける。そうだなあ……と数秒考えて、今はパスタが食べたい気分だったので、イタリアンを選んだ。

少しだけお値段設定が高めのイタリアンは、ランチタイムも終盤ということもあり、店内は半分ほど席が空(あ)いている。二人掛けの席に着くと、すぐにメニューを手渡された。ランチのコースメニューもあるけれど、家を出る前に軽くパンを食べてきた私は、コース料理を全て食べきる自信がない。

「俺はランチパスタコースのＡかな。夏凛さんは？」

「……私はアラカルトで、ジェノベーゼのリングイネにする」

「ランチコースじゃなくていいの。ドリンクとサラダがつくけど」

なぜか文屋さんに驚かれる。

「食べきれなくて残すのが申し訳ないから。足りなかったらあとでなんか食べる」

「なるほどね。了解」

オーダーを済ませて、水で喉を潤して一息つく。

デートは始まったばかりだというのに、なんだか半日くらい経っているような気がする。それだけ久しぶりのデートに緊張しているのかもしれない。

ここで、さっきエスカレーターでの会話が途切れていたことを思い出した。

「……そういえば、さっきの話だけど。いろいろって何があったの？」

「それ、蒸し返す？　さっきので終わったと思ってた」

文屋さんがクスッと笑う。

「あんな風に言われたら気になるでしょ……」

「それもそうか。んー……簡単に言うと、俺の顔が目当てで近づいてきた人とは上手くいったためしがないから、苦手になった……ってとこか」

水を飲んだ文屋さんが、テーブルの上で腕を組んだ。

「……それって、付き合った人でもってこと？」

文屋さんが静かに頷く。

「顔は好みだけど性格が冷たすぎるとか、顔はいいけどなんか思ってたのと違うとか。散々な言われようだよ。好きだって言って近づいてきたのは向こうなのに、いざ付き合ってみると文句言われてさ。そんなことばっかり続いたら、顔で寄ってくる女が信じられなくなった」

水の入ったコップを持ったまま、心の中でなるほど、と呟いた。

好きになるきっかけは顔だけど、付き合ってみたら理想通りというわけにはいかなかった……ということね。

「……それなのに、よく会ったばかりの私に付き合ってとか結婚してとか言ったよね？」

「自分から好きになった人は別でしょ。だから逃がしたくないんだよ」

まさかこんな風に返されるとは思っていなかった。

「逃がしたくない、って……。困ったな」

「夏凛さん、他にいい人がいないなら俺にしときなよ。俺、こう見えて結構将来有望だよ？」

『今日は全力で夏凛さんを口説こうと思ってるから、楽しみにしてて』と言った通り、ぐいぐい自分を売り込んでくる文屋さんに、なんだか笑いが込み上げてきた。

「何それ、営業活動みたい」

「ある意味そんな感じ？　気付いた時にアピールしとかないと」

ここで文屋さんが注文したランチセットのサラダが運ばれてきた。思った通り、なかなかのボリュームがある。

「やっぱり、結構量があったね。私、これ食べたらパスタの前にお腹がいっぱいになりそうだわ」

「夏凛さん、食細すぎるんじゃないの。立ち仕事なんだから、もっと食べて体力つけとかないと持たないよ」

「……わかってるんだけど、パスタ一皿食べるといつもお腹いっぱいになっちゃうから」

「そういう時は俺に言ってよ。多いなら食べてあげるし」

言われてハッとする。そうか、そういう手があったのか。

「なんだ……早く言ってよ。今度はそうするわ」

「今度があるんだ。やった」

――そ、そういう意味で言ったわけじゃないんだけど……まあいいか。

下手に何か言って、空気を悪くするのは良くない。

それにしても、文屋さんの食べっぷりは見ていて気持ちいいな。

「よく食べるなあ……いいね、たくさん食べる男の子」

「……子って言うなよ。子どもじゃないんだから」

フォークでもぐもぐサラダを食べながら、文屋さんがチラリと私を睨む。

「ごめん。でも、見てて気持ちいいなって。文屋さんって結構食べる方？」

「食べるか食べないかで言えば、結構食べる。二郎系ラーメンもいける」

「おお……私、あれを残さず全部食べられる人、尊敬しちゃう」

「いけるいける。でも、あんまり増しにするとキツいけどね」

なんだかデートだというのに、まったく色気のない会話である。でも、今の私にとっては、こんなどうでもいい会話だから、構えずにいられるし、楽しく続けられる。

それはきっと、文屋さんが気遣ってくれているからだ。もちろんちょこちょこアピールはされているけれど、私を楽しませたいという彼の気遣いを感じる。

話せば話すほど、この人と話しているのが面白くなる。

いつの間にか、純粋に文屋さんとのデートを楽しんでいた。

そうこうする間に私が注文したジェノベーゼのリングイネが来た。フレッシュなバジルとニンニクの香りがふわっと鼻を掠める。

「ふあ……いい香り。もう匂いだけで美味しいってわかる」

「早く食べてみなよ」

「じゃ、早速。いただきまーす」

鮮やかな緑だなあ、と思いながらフォークを回す。一口食べるとバジルの香りが広がり、ニンニクの味わいが食欲を刺激する。弾力あるリングイネにソースがよく絡んで、私を天国に誘った。

「美味しい……!!　沁みる……」

「俺、ジェノベーゼって食べたことないかも」

「えっ!?　そうなの!?　美味しいよ、一口食べてみなよ」

「……いいの？　じゃあ。夏凛さんも俺の食べていいよ」

そう言う文屋さんのパスタは、挽肉やジャガイモを使った店オリジナルのペンネだ。

お互いに皿を交換し、文屋さんがジェノベーゼをフォークに巻き付け、そのままパクッと一口でいった。

「……ん。美味い。ジェノベーゼってこんな味だったんだ」

「そうだよー。どんな味だと思ってたの？」

「いや、緑色してるからもっと野菜っぽい味なのかなって。バジルってそんなに食べる機会ないし」

「くせになる味だと思う。あ、文屋さんのペンネも美味しいね。挽肉とジャガイモとペンネってこんなに合うんだ」

甘辛い味付けの挽肉とジャガイモと、塩みのあるペンネのバランスがちょうどよくて、食べ応えがありそうだ。

「夏凛さんといると俺、いろんな世界が見られそう。楽しい」

皿を戻しながら、文屋さんが微笑む。

「そう？　よかったね」

「うん。だから夏凛さん、やっぱり俺と結婚してよ」

ちょうど口にパスタを入れたところだったので、ごほっ、とむせそうになった。

「……ちょっと……、いきなり何……」

油断した。と口元をナプキンで拭いつつ前を向くと、真顔の文屋さんがいた。

「ずっと言ってるだろ。まだ俺のこと男として見られない？」

「男としては見てるけど……」

見てるよ。見てるけども。

いきなり現れた男の人と付き合うとか結婚とか、そういうのが考えられないだけなんだけどな。

「じゃあ結婚しようよ」

本当に、「お水ください」みたいな軽い感じで何度目かの告白をされる。さすがにこう何度も言われると、最初ほどドキドキしなくなってきた。

「ん……ん？　だから言ったじゃない。私はそういうのは……」

「一緒に生きていくのが俺じゃ頼りない？」

「そんなことはないけど……、明確な理由があって拒(こば)んでるわけじゃないから」

「じゃあもし、俺が夏凛さんより年上だったらどうだった？」

一瞬、食べる手を止めて考えた。

文屋さんがもし年上だったら……って、どうなんだろう。でも、多分対応は変わらないと思う。

「年齢は関係ないよ。……いや年上ならむしろ、待たせると悪いからすぐ断るかな」

この返事を聞いた途端、真顔だった彼の顔がわかりやすく緩んだ。

「そっか。それ聞いてちょっと安心した」

パクパクと食べ進める文屋さんを見て、なぜ安心するのだろう、と首を傾げたくなった。

――なんでそんなに私にこだわるんだろう。世の中にはごまんと女性がいるというのに、どうしてそこまで好きになってくれたのか……

「気が変わったら言ってよ。俺、いつでも夏凛さんと結婚できるから。婚姻届を用意して待ってる」

「ぶっ。本気？　冗談だとしたらちょっと面白いかも」

「人の本気を笑うとは……。夏凛さん、実はドSだろ」

「どこがよ。そっちでしょうが」

気付けば食べている間、二人の間に笑いが絶えることがない。

それに、気を遣うことなく思ったことを言い合えるって、よく考えたら前の彼氏の時はできなかったことだ。

――年上だったせいか、元々がそうだったのか、プライド高かったからなー。

ちょっとでもこっちがキツいことを言ったら、結構な割合でふてくされていたのを思い出す。

そう考えると、必要以上に気を遣わない文屋さんとの関係が、とても心地いいということに気が付いた。

「……文屋さんはさ」

「ん？　何？」

「私と話す時、気を遣って喋ってる？」

一旦フォークを置き、水を飲んでから文屋さんが口を開く
「そりゃある程度はね。でも、わりと思ったことそのまま言ってるよ。夏凛さんは？」

「……うん、まあ……。あんまり気、遣ってないね……」

ふーん、と文屋さんが頷く。

「よかった。ぜひそのままでよろしく」

「わかった……」

そっか。私って、この人の前では自然と本音を出しちゃってるんだ。

それってつまりどういうことなんだろう……

自問自答するけれど、答えは出なかった。

食事を終え、文屋さんはランチについてくるコーヒー、私は追加で頼んだ紅茶を飲み終え、席を立つ。

文屋さんが先に伝票を持って行ってしまい、慌ててあとをついていった。

「文屋さん！　自分の分は払うから」

「いいってこれくらい。ダブルワークまでして貯めてる人に払わせられないだろ」

「うっ……そ、それをここで言わなくても……」

一瞬怯(ひる)んだけど、やっぱり払わないという選択肢はない。バッグに手を突っ込んで財布を取り出した時、チャリーン!!　と小銭らしきものが複数落ちた音が聞こえた。

ちょうど財布を取り出そうとしていたところだったので、まず自分の足下を確認する。

――大丈夫、落ちてない。

「今の……」

声をかけようとして、目の前に文屋さんがいないことに気が付いた。あれ？　と思って周囲を見ると、前方で床に落ちた小銭を拾っていた。

「あっ」

急いで彼の側に行くと、近くに背の低い高齢の女性がオロオロしながら立っていた。それを見て、この状況を理解した。

文屋さんは床に散らばった小銭を拾い、高齢女性の掌に載せてあげている。

「はい。大丈夫かな、これで全部ですか？」

「ありがとうございます。多分、大丈夫だと思うんですけど……」

念のためと言わんばかりに、会計担当の女性スタッフと文屋さんと私で、小銭が落ちていないかもう一度床をチェックする。

「うん、大丈夫そう」

笑顔で頷く文屋さんを見上げて、高齢女性が何度も頭を下げていた。

「すみません、本当にありがとうございました」

「いいですって、気にしないでください」

会計を済ませた高齢女性が、去り際にまた文屋さんに頭を下げて店を出て行った。それに軽く会釈で応えてから、彼が会計を済ませる。

自分で払うつもりで財布を握りしめていたのに、今のやりとりで頭がいっぱいになってしまい、気が付いたら会計が終わっていた。

「っ、あ！　しまった……！　自分の分を払うつもりでいたのに」

そう言う私の横で、文屋さんがははは、と軽やかに笑っている。

「だからいいって言ってるのに。夏凛さん、律儀だなー」

店を出て別のフロアに向かうため、並んで歩く。その間の話題は今の出来事について。

「それにしても、文屋さんの行動は早かったね。気が付いたらもうお金拾ってたからびっくりした」

「ん？　ああ……俺の祖母がさっきの人くらいの年齢なんだ。あの年代の人ってさ、足腰弱ってるから、しゃがんだりするのが結構大変らしいんだよ。うちのばあさんも下に落ちたものを拾うのが一苦労らしくてさ。だから、なんて言うか……咄嗟に体が動いてた」

――なるほどね、お祖母さんを見ていたからか……。でも、身内にやるのと他人にやるのとではまた違う。躊躇いなくああいうことができるのは、素直に尊敬しちゃうな。

「そっか。文屋さん、優しいんだね。見直した」

「え!?」

エスカレーターに乗り、隣の文屋さんを見る。

珍しく私が褒めたからか、すごくびっくりしているみたいだ。

「夏凛さん、今、俺のこと褒めた？」

「褒めた褒めた。かっこよかったよ」

笑い混じりにまた褒めたら、文屋さんの耳がほんのりと赤くなっているのに気付いた。

「ちょっと……ここで褒めるの、反則じゃね？」

「どうして？　ここじゃだめだった？」

「だって、ここじゃ夏凛さんを抱きしめられない」

思ってもみない答えに、思わず「は？」と声が出た。

「……ここじゃなくても、褒めただけで抱きしめるのはどうかと……」

なんでそうなる、と文屋さんにジトッとした視線を送る。でも、彼はそんな視線に挫けることなく、私の手に自分の指を絡めてきた。

「夏凛さんに褒められるのって、想像以上に嬉しいな」

本気でそう思っていると言わんばかりに、文屋さんが満面の笑みを浮かべる。その無邪気な笑顔に、意図せず胸がときめいた。

——うっ……か、かわ、いい……

可愛い、といっても、子どもや小動物を見て感じる可愛さとは違う。

普段の淡々とした喋り方や、真顔だと少しキツく感じる顔立ちから、可愛さとは無縁っぽい文屋さんが、こんな風に無邪気に笑うと、なんというか毒気を抜かれるほどの威力がある。

普段とのギャップに萌える、とでも言うのだろうか。

——……あれ？　……なんか、私……やば……

未だ文屋さんに手を握られている状況なのだが、その手から伝わる温もりが妙に心地いい。できることなら、ずっとこのままでいたいとすら思えてくる。

——いや、待て待て私。あれだけ告白されても無理ですって、断り続けてきたくせに、なんで急に意識し始めてるの⁉

——そうよ、もう男とは付き合わないんじゃなかったの？　結婚する気もないから、ダブルワークまでして老後の資金を貯めてるんじゃない！　ちょっと若くていい男だからって、ホイホイ引っかかってまた前みたいに痛い目に遭っても知らないわよ‼

——文屋さんが私を騙すと決まったわけじゃない。さっきも見たでしょ？　お年寄りにも優しいナイスガイじゃない‼　そんな人が好きだって言ってくれてるのよ？　こんなチャンス、もう一生ないかもしれないのに、断るなんて勿体ないことしていいの⁉

私の中で天使と悪魔が口論してる。

どっちの言うこともその通りなので、すぐに答えなど出ない。

「夏凛さん、このあとはどうする？　買い物するんだっけ？」

「あっ、うん！　さっき案内板見たら、いつもシャンプーを買ってるお店が入ってたから、ちょっと行ってくる。文屋さんはそこのベンチで待ってて」

「え⁉」

気持ちがぐちゃぐちゃのままエスカレーターを降りた私は、文屋さんに目もくれず目当てのショップに向かう。

そこは体に優しいがモットーの生活雑貨店。この店で取り扱っているものはシャンプーなどのヘアケア製品から石けん、基礎化粧品や日用雑貨などだ。

シャンプーとトリートメントが並んでる棚の前に立ち、季節限定商品といつも購入しているものと、どっちにしようか悩む。せっかくだから季節限定のものを手に取って眺めていると、隣から、

「いつも使ってるのってそれ？」という文屋さんの声がした。

「あれ。来たの？」

店の中にいるのは、ほぼ女性だ。だから文屋さんは入りにくいだろうと思って一人で来たのだが、なぜか彼が隣にいる。

「そりゃ来るだろ。一人にしないでよ、寂しいから」

「……寂しい？　文屋さんでも寂しいとか思うの？」

「当たり前だろ。俺、こう見えて、結構寂しがり屋だぜ」

自信満々に言われて、思わず噴き出してしまう。

「寂しがり屋って、そんな自信満々に言うこと？　……ふふっ、文屋さん面白いね」

口元に手を当て笑っちゃいけないと思いつつ、気付けば本気で笑っていた。

そんな私をポカーンと見つめていた彼も、釣られるようにぶっ、と噴き出す。

「そんなに笑われるとは思わなかったんだけど……。でも、夏凛さん笑うとめっちゃ可愛いな！」

「そ、そりゃ……どうも……」

あははは、と声を出して笑う文屋さんに、これまでになくドキッとしてしまった。今まではこんな気持ちになんかならなかったのに。

でも、この人と一緒にいると楽しい。

それだけは断言できる。

笑いを収めて、さっさとシャンプーとコンディショナーを買おうとする。レジまで持っていって精算を済ませると、真後ろに文屋さんが同じものを持って立っていた。

「……あれ？　文屋さんも買うの？」

「うん。夏凜さんが使ってるのを、うちにも置いておこうかなって。そうすれば、泊まりに来た時に困らないし。……あ、そうだ。ついでにボディソープも買っとくか」

一人で納得した文屋さんが、商品棚に戻っていく。彼の背中を眺めながら、彼の言った内容を思い出して、顔が熱くなる。

——今、さらっと……泊まりに来た時って言ってなかった……？

彼とは付き合ってないのに、当たり前のようにそういうことを言われると、彼を意識し始めていることもあって、収めたはずのドキドキが蘇ってくる。

——やばいな。なんか、私、昼より明らかに文屋さんのこと好きになってる……

先に会計を終えドキドキしながら待っていると、彼は私と同じシャンプーとコンディショナーの他に、同じラインのボディソープとハンドソープを購入していた。

「結構買ったね」

「よく考えたら、今使ってるハンドソープが終わりそうだったから。せっかくならそろえちゃえば見栄えもいいし」

「確かに」

そういえば文屋さんの部屋って、置いてあるものがどれもお洒落だった。このシャンプーはパッケージデザインがシンプルでお洒落だし、彼の好みに合うものだったのかもしれない。

「他に気になるものは？」

文屋さんに聞かれて、フロア内をぐるっと見回す。

せっかく普段あまり来ない場所に来たんだし、一通り見て帰ろうかな。

「フロア内を見てもいい？　文屋さんはまだ時間ある？　ないようなら私一人でも……」

「あるに決まってるだろ。今日一日は、夏凛さんのために空けてあるんだから。いくらでも付き合うよ」

「そ、そう、ですか……」

私のために空けてある、って言葉、結構グッとくる。収まる気配のないドキドキを感じながら、文屋さんとアパレルを中心にショップを見て回った。

「どのお店も素敵だなあ……文屋さんは？　どこか気になるところある？」

彼は私のあとを歩きつつ、店内を見回している。

「気になるところというより、今の流行を肌で知るのは仕事に役立つから、見ながら勉強してるようなもんかな」

「それは私も同じかも。ディスプレイを見るだけでも勉強になるし。着こなしとか、バッグや靴の組み合わせ方とか、いろんな気付きがあるよね」

そう話しながら、ディスプレイされたバッグや靴をじっくり眺める。普段革小物を扱うことが多いからか、自然と革製品に目がいく。

「この革バッグ、いいな……。柔らかくって、手触りがいい……」

色合いも好きな感じだ。こういう革製品を見ているだけでうっとりする。

「……ふっ」

夢中で革小物を眺めていたら、左肩の辺りで文屋さんが噴き出した気配がした。

「何？　なんで笑ってんの」

振り返ると、文屋さんがニヤニヤしながら私を見つめていた。

「いやあ……夏凛さんがうっとりしてるの初めて見たから。なんか、興奮してきちゃって」

「こ、興奮って……やめてよ、こんなところで」

意味ありげな視線に顔が熱くなってくる。

そんなことを言われたら、意識せずになんかいられない。

「ですよねー。気を付けます」

彼にバレないよう小さく息を吐き出し、気持ちを落ち着かせる。しかし、いきなり私の手に彼の手が触れ、そのまま指を絡めて握られてしまう。

「……!!」

驚きのあまり彼を見上げると、ニコッと微笑まれる。

「せっかくのデートだし、隙あらば繋ごうかなって」

「いやあの……、恥ずかしいんだけど……！」

「まあまあ。カップルなんか皆やってるから」

気にしない気にしない。と言われても、やっぱり気になって気もそぞろになる。

──ちょっと前までなんともなかったのに……なぜか意識しちゃうんだけど……

緊張でかちかちになっていると、彼が私の肩にピタッと体を寄せてくる。

「そんなに緊張しないで。でも、緊張する夏凛さんも可愛いよ」

「も、もう！　いいから！」

傍からはどう考えてもカップルにしか見えない。

こんな調子で、私達のウインドーショッピングは続く。さっきの革のバッグは買おうかどうしようか悩んだが、よく考えたらうちの店にも似た感じのものがあると気が付いたのでやめた。

「夏凛さんはものを買わない人？」

「え……どうかな、仕事上服はある程度持ってるけど、靴やバッグは気に入ったものを長く使うタイプかもしれない」

「浮気しないってことだね」

「まあ、そうなるか」

確かに気に入って買ったものはずっと大事にしている。それに趣味も昔からあまり変わらない方だと思う。

「文屋さんは？」

「俺も似たような感じ。気に入ったものはずっと使う。だから、浮気はしません」

「そっか」

軽く流したら、なぜか文屋さんがわざわざ私の顔を覗き込んできた。

「浮気はしないよ、俺」

突然話の意味が変わって、胸の辺りがぐっと掴まれたようになる。

「な……なんでわざわざそんなことを言ってくるの？」

「夏凛さんにわかってもらいたいから。俺、職場とかじゃ何考えてるかわかんないってよく言われるけど、好きになった人に対しては常に誠実でいたいんで」

「そう、なのね……」

はっきり言われて、考え込んでしまった。

これまでもアピールはされてきたし、好意もじゅうぶんに伝わっていた。でも、結婚はしないと決めている自分にとってはどこか他人事（ひとごと）というか、関係ないと思っていた。

結婚したくないって言うのは嘘じゃない。独り身で仕事をしている方が楽しいし、休みも自由に使える。この生活に慣れてしまうと、結婚して人と一緒に生活をする自信がなかった。

でも、文屋さんと一緒に過ごしているうちに、ようやく彼の本気を感じた。そしてその本気が、自分に向けられたものだと考えられるようになってきた。

これまではこの先の人生を一人で生きていくつもりで備えてきたけれど、違う未来があってもいいんじゃないか？

もし今度も上手くいかなかったら、激しく落ち込むかもしれない。でも、もともと一人で生きていくつもりだったのだから、だめならまた元のプランに戻るだけだ。

だったら、彼の手を取ってみるのはありじゃないか……？

フロア内を見ながら、ずっとそのことを考えていた。文屋さんはきっと、私が今こんなことを考えているなんて思ってもいないだろうけど。

アパレルショップが多いフロアを見て回ったあとは、エスカレーターを降りて食品やカフェがあるフロアに移動する。

さっきランチしたばかりだけど、あちこち歩いて喉が渇いていたので、お茶をすることにした。

軽くフロアを回って、コーヒーと焼き菓子がメインのお店に入ろうとした時だった。

「あれ？　文屋さんじゃない？」

カフェの入り口に置かれたメニューを見ている私達の背後から、女性に声をかけられた。

振り返ると、私たちの後ろに多分二十代くらいの女性が立っていた。彼女は文屋さんの顔を見るなり、嬉しそうに表情を崩した。

「あ、やっぱり！」

長い髪をした女性が文屋さんに近づく。ロングスカートに短めトップスを合わせた彼女の印象は、ほわっとした顔立ちの癒やし系美人、といった感じだ。

――知り合いかな……

こんな可愛い女性に声をかけられて、文屋さんはどんな反応をするのだろう。興味深く眺めていると、なぜか文屋さんの顔から笑みが消えた。

「……ああ、お久しぶりです」

「今日はお休みですか？」

「ええ」

女性の目にはどう見ても文屋さんしか入っていない。隣にいる私の存在は完全に無視されていた。

そのことにモヤッとする。

「すごい偶然ですね！　以前はお仕事ですごくお世話になって……。その節はありがとうございました」

「いえ。仕事ですからお気になさらず」

二人のやりとりを一歩引いて眺めていた私は、文屋さんの態度を見てある単語が頭に浮かんだ。

――塩だな。

超塩対応。テンションが高い相手の女性と相反して、ブリザードのような文屋さん。

そんな彼の態度にめげることなく、女性は笑顔で話しかけている。

「あの時は、本当にいろいろと勉強になりました。文屋さんはお仕事が早くて、うちの営業担当もすごいって驚いてました。それに文屋さんとの仕事はやりやすいって言ってましたよ」

「そうですか、ではまたぜひよろしくお願いいたします」

喋(しゃべ)っている内容は普通というか、わりと一般的。だけど文屋さんから立ち上(のぼ)るオーラが冷え冷えなので、どうしたって冷たい印象しかない。

「あの……よかったら今度ぜひお食事でも……」

「いえ、結構です」

「あ、でも、あの。私だけじゃなく、部署の皆もぜひって言ってましたので……」

話を続けたい女性と、今すぐ話を終えたい文屋さんとの会話を見守る中、文屋さんが女性から視線を逸らし、小さくため息をついた。

「連れがいるので、もういいでしょうか。食事は私個人としてはお受けできかねます。どうしてもと言うのであれば、会社に連絡してくだされば営業担当が対応いたしますので」

「あ、は、はい……わかりました……。お休みのところ、引き止めてしまってすみませんでした……」

女性がやっと私を見た。少しだけ申し訳なさそうに会釈すると、そのままくるっと踵を返し、行ってしまった。

こういうのを見ると、文屋さんが私に心を許してくれているのがわかる。自分が彼にとって特別だという事実が嬉しいような、こそばゆいような。

去っていく女性の後ろ姿をムッとした顔で見つめている文屋さんに、声をかける。

——機嫌が悪くなっていないだろうか。

「文屋さん……」

「待たせちゃってごめんね、行こうか」

文屋さんが私の腰に手を添えた。急な接触についドキドキしてしまう。

「さっきの人、大丈夫だった？　もし仕事の話があるなら私、ここで待ってるよ？」

「何言ってんの？　俺が夏凛さんとデートしてるのなんて見りゃわかるのに、あれは意図的に声をかけてきたんだよ」

「……お仕事関係の人？　綺麗な人だね」

話しながら店の中に入り、店員さんに案内されて二人掛けの席に座った。

「あの人は取引先の営業アシスタント。仕事で会ってる時もいつもあの調子でさ。こっちは忙しくてそれどころじゃねえっつってんのに食事に行きましょうとか平気で言ってくる、空気が読めないタイプ」

写真付きのメニューを広げ、何にするか考える。二人共アイスコーヒーを選び、焼き菓子は私が抹茶パウンド、文屋さんはキャロットケーキを選んだ。

「空気が読めない、か……。でもあの人、文屋さんに好意があるんじゃないの？」

「それはわかってる。でも、俺は顔が良くても中身が好みじゃないと無理。特にああいう自分に自信のあるタイプは一番苦手。俺があんなに苦手オーラ出してても、気付かないから」

「あー、それはね……」

横で見ている私がすぐにわかるほど、文屋さんは塩対応だった。

「これは俺の経験談だけど、空気が読めない人と同じ空間にいるのはかなりのストレスだし、精神的にも体力的にもキツい。そんな人と付き合ったら、どんな生活が待っているかなんて容易に想像がつく」

「ああ、うん……なんかわかる。私も前の人がそんな感じだったし」

空気が読めないのもキツいけど、相手の気持ちを考えられない人というのもなかなかキツい。

文屋さんも、これまでにいろんなことを経験してきているのだろう。彼の性格がこうなったのにも頷ける。

「……俺の顔だけ見てグイグイ来られても正直、嫌悪感しかない」

顔を顰めながら、文屋さんは水の入ったコップに口を付ける。そんな彼の言い分もわかるけど、彼の顔に惹かれて女性が寄ってくるのは、ある意味どうしようもないことのような気がした。

「イケメンはイケメンなりに苦労してるんだね」

いくら顔が良くても迷惑を被るのはなあ……、と彼を気の毒に思った。

「どうでもいい相手に好意を持たれても、夏凛さんに好かれなきゃなんの意味もない」

ふてくされたような顔をしながら、私をちらっと見てこんなことを言ってくる。

「いや、意味がないってことは……」

どうにか平静を装っているけれど、内心はすごく動揺している。全然気持ちが落ち着いてくれない。

「夏凛さん、どういう男が好きなの。今まで惚れた男ってどんなヤツ？」

いきなり過去を聞かれて、一瞬うっ、と怯んだ。

「ん～～どんなんだっけなあ……。ていうか、なんでそんなことを聞くの」

「リサーチだよ。夏凛さんが何をきっかけに男を好きになるのか知りたいから」

笑顔なので本気なのか冗談なのかがいまいちわかりにくい。

「……最初の印象だったかな……」

歴代の彼氏達を頭に思い浮かべる。といってもそんなに経験が多いわけでもない。一つの恋が終わると、最低でも一年、長いと数年は彼氏がいない状態が続いたこともある。

「最初の印象？　優しかったとか？　イケメンだったとか？」

話している最中、ドリンクとお菓子が運ばれてきた。抹茶パウンドとキャロットケーキがそれぞれの前に置かれる。

話す内容を考えながらドリンクを手に取り、喉を潤した。

「イケメンかどうかはあんまり関係ないかな。なんていうんだろう、雰囲気がイケメンっていうか……わかるかな。私の基準だから、他の人から見ればイケメンでもなんでもないかもしれないんだけど、初めて会った時にそう感じると、いいなって思ったりした、かな」

「ふーん……。でも、そんな人でも長続きしなかったんでしょ？　てことは夏凛さんにとって、第一印象は当てにならないってことだよな」

その通りだ。文屋さんの言葉が胸にぐっさり刺さる。

――くっ……。わかってはいたけど、改めてはっきり言われるとぐうの音も出ない……

「じゃあ、第一印象が悪かった俺と付き合えば、今度こそ上手くいくんじゃやない？」

キャロットケーキをパクッと口に入れた文屋さんが、にこっと笑う。その笑顔が魅力的で、またもや胸がキュンとしてしまった。

「……あの手この手を使って、なんとか私の口からOKを引き出そうとしてるな……」

「バレた？　このケーキ食べる？　美味いよ」

ケーキで私を釣ろうという文屋さんが、一口大にカットしたケーキをフォークに刺し、私に差し出してくる。

今までなら、そんな手には乗らなかったし、心も動かなかった。なのに今の私は、そんな文屋さんの行動がなんだか微笑ましくて、愛おしさを感じている。

「……食べる」

さすがに食べさせてもらうのは、人の目があるので断った。ケーキの刺さったフォークを受け取り、口に入れる。

「ん。これも美味しい。ニンジンだけどニンジンっぽくないって言うか……スパイスが利いてるね」

「うん、なんだろう。シナモンはわかるけど……。家に帰ったらレシピ探ってみる」

早速、なんか刺激されてるね。

「ふふ、頑張って。美味しくできたら私にも食べさせてね」

これまでの私だったら絶対言わないようなことを言ってしまい、自分でも驚いた。それは文屋さんも同じだったようで、切れ長の目がいつもより大きく見開かれている。

「……夏凛さん、それは……」

「あっ!? いや、その……っ、ほら、文屋さんお菓子作り上手だから！ 自分で作ってもきっと美味しくできるんだろうな、って思って……深い意味は……」

慌てる私をじっと見ていた文屋さんが、ふっ、と口元に笑みを浮かべながら視線を落とす。

「作るよ。夏凛さんが食べてくれるなら、なんでも作るよ、俺」

「え。本当に？」

「うん。だから付き合おう。そして結婚しよう」

それを言われるのは何度目だろう。

「なんかもう、口癖みたいになってきたね、それ」

クスッとしながら、抹茶パウンドを口に運んだ。抹茶のほろ苦さと中に入っている小豆(あずき)の甘さがいい感じにマッチしていて、ほどほどにしっとりした生地(きじ)とよく合っている。

「口癖か。確かに。でも、付き合えるまで何度だって言うよ」

「そうなんだ……」

落ち着かなくなってきて、アイスコーヒーに刺さったストローを意味もなくぐるぐる回した。

――どうしよう……

彼からのアプローチが嬉しい。

自分でも不思議なほど、急速に彼に惹かれている。

昨日までは彼と付き合うなんて考えてもいなかったのに、今ではそれもいいかと思っている。

――でも、本当にいいの？　一人で生きてくって決めてたんじゃなかったっけ？

そう問いかけてくる自分がいる。でも、まずは付き合ってみて、合わなかったらその時考えればいいんじゃない？　と思うようになっていた。

自分でもチョロい女だと思う。でも気付いたら、文屋さんの気持ちに応えようという思いが固まっていた。本当に不思議だけど、彼のことをいいなと思ったら、あっという間にこんな気持ちになってしまっていたのだ。

それはいいけど、いつ言うの？

――今かなと思ったけど、隣の席が微妙に近い……

しかも座っているのは若い女性で、その女性がさっきから文屋さんに、ちらちらと視線を送ってきている。

そんな状況で、文屋さんが「付き合おう」とか「結婚しよう」とか言うものだから、女性が驚いたように彼を見ていたのを私は知っている。

だめだ、こんな状況で告白なんかできない。続きはここを出てからだ。

ケーキを食べ終え、残すはアイスコーヒーのみとなった。後味がすっきりしたアイスコーヒーは飲みやすくて、ぐいぐいいける……はずだったのに。

告白のことを考えたら緊張してしまい、途中から味がよくわからなくなってきた。

口数も減って彼とあまり目を合わせない私に、文屋さんが気を遣って度々声をかけてくる。

「夏凛さん、疲れた？」

「えっ？」

「だって、喋（しゃべ）らなくなったし。普段あんまり休日は出歩かないっていうから、きっと疲れたんだよね。そろそろ帰ろうか？」

帰ろうと言われ、咄嗟（とっさ）に帰り道で気持ちを伝えよう、と思い浮かんだ。

文屋さんはとっくに食べ終わっていて、アイスコーヒーのグラスも空（から）になっていた。

「そうしようか。あ。でも帰る前に食料品売り場で夕飯用に何か買って行こうかな。文屋さんもどう？」

急に夕飯をどう、などと振られて、彼が気の抜けた顔をした。

「夕飯……って俺のも？　俺はいいよ、適当にあるもの食べるし……」

「あるもの？　文屋さんって、スイーツ作りは上手だけど、料理もするの？」

「んー、まあ簡単なものなら。確か家にレトルトのカレーがあったから、米炊いてそれでも食べるよ」

私はバッグを肩にかけた。それを見て文屋さんが財布を取り出し、立ち上がる。

「じゃあ、カレーに何かトッピングでもしたら？　もしくはサラダとか」

「俺の夕飯が気になるの？　じゃあ、夏凜さんがうちに来て俺に教えてよ」

「……あ、そういう手もあるのか……」

ぼそっと言ったら、予想外だったのか文屋さんが「え？」と言ったきり固まってしまう。その隙に、私が先にお金を出して二人分の会計を済ませた。

「あっ!!　ちょっと、何やってんの？　俺が払うって」

「だめー。これくらい払わせてよ。今日は文屋さんに奢(おご)られっぱなしなんだから」

「そんなのいいって言ったじゃん。俺が夏凜さんに金を使わせたくないの」

「まあまあ、そう言わず。さ、地下に行こう？」

ブーブー文句を言っている文屋さんを宥(なだ)めながら、一緒に地下一階の食品フロアに移動した。ここには主に、テイクアウトを中心としたテナントが入っていて、和洋中の惣菜や弁当に始まり、デザートやパンなど、様々なショップが所狭しと並んでいる。

「めちゃくちゃあるなー、どれにしよう……文屋さんは何が食べたい？」

「えっ、俺？　だからカレー……」

「レトルトカレーに載せるならコロッケとか、とんかつとか？　あとはサラダを買っていくという手もあるよ」

さっきから熱心に食べ物を買わせようとする私に、文屋さんが怪訝そうな顔をする。

「夏凛さん、どうしたの。まさか物語の魔女みたいに、俺にいろいろ食わせて太らそうとか思ってる……？」

どうやら私の様子がさっきから変なので、彼が反応を窺うように冗談を言ってくる。

そんな彼に笑顔になった。

「違うよ。なんかしてもらうばかりだと申し訳ないから、今日のお礼のつもりで買ってあげようかと」

「……いや、夏凛さん。マジでいい……」

「もしくは、一緒に食べようかと」

文屋さんの喋りを遮ったら、彼がハッと息を呑んだのがわかった。

そんな彼を見て、自然と顔が笑ってしまう。

「一緒に食べる？　夕飯」

「えっ……!?　いいの？　て、それはどっちの部屋で……」

「どっちにする？　うち……と言いたいところだけど、うちは本当に狭くて壁が薄いし、車を停めるところないからだめだわ。やっぱやめようか？」

「やめない。俺んち行こう」

　突然キリッとした文屋さんに言われて、つい笑ってしまいながらわかったと返事をした。

「そういうことなら、カレーはやめる。夏凜さんと同じものを食べるよ」

「そう？　カレーも美味（おい）しそうだと思うけど……。ま、いいや。何食べようかなあ、こういうところに来ると目移りしちゃって……」

　できあがったばかりの肉まんの前を通った時、ものすごく食欲をそそる匂いに心を掴まれそうになる。それは、焼き肉、焼きとり、唐揚げの店の前でも同じだったけど。

　結果、できたてという誘惑に抗（あらが）えず肉まんを購入した。もちろんそれだけじゃ私も文屋さんも足りないので、サラダと、茄子（なす）の揚げ浸（びた）しなどの総菜を何種類か買った。

　――これだけあれば足りるでしょ。満足満足。

　いいと言ったのに、荷物はほぼ文屋さんが持ってくれた。私が重いと感じた荷物を軽々と持ってくれる彼に、改めて男の人だと思い知らされる。

　――自分から告白なんて、何年ぶり……？　いざそのことを考えると緊張感半端ないな……

「あとはいい？　買い忘れない？」

　考え事をしていたら急に文屋さんが振り返ったので、虚を衝（つ）かれてビクッとしてしまった。

「うっ、うん。大丈夫、ありがとう」

「……？」

声をかけただけで私が驚いていたから、彼も不思議そうな顔をしている。

――いけない……。こんなんじゃまた気を遣わせちゃう……

「じゃ、行こうか」

気を取り直して彼に声をかけ、買い物を終えた。

こんな充実した休日いつぶりだろう。誘ってくれた文屋さんに感謝しなくては。

パーキングに移動し、車に到着。ラゲッジスペースに荷物を入れて助手席に乗り込んだ。

「じゃ、帰りの運転もよろしくおね……」

言いながら文屋さんの方に体を向けたら、なぜか目の前に彼の綺麗な顔が迫ってきて、そのまま私の唇と彼のそれがぶつかった。

――ん？

目を閉じないままキスに応えていたら、文屋さんが離れていった。でも、体に巻き付いた腕はそのままで、強く抱きしめられる。

「夏凛さん、なんか今までと違うね」

「……そうかな」

「うん。俺を拒絶しなかった。それって、もしかしてさ……」

そんなにわかりやすかったかな、と自分の行動を思い返す。確かに、態度が違っていたかもしれない。

多分、もう文屋さんに気持ちが伝わっている。このあとどうなるかを考えるだけでドキドキした。

「もしかして、何？」

文屋さんが私をぎゅっと抱きしめ、肩口に顔を埋めた。

「夏凛さん、俺のこと好き？」

胸がドキンと小さく疼く。それと同時に、伝えるなら今だ、と思った。

「うん」

「……それ、恋愛の好き？　人として好きとかじゃないよね」

「人としても好きだよ。で、異性として好き」

「いつから」

質問が多いな。

「そうだなあ……本当に今日というか、デート中？　いろんな文屋さんを知るうちに絆されちゃった」

「……マジか……」

なぜか文屋さんが、首筋に吸い付いてくる。

「ちょっ、なんで、首……」

「そこに首があったから。……ていうか、やべえ俺、嬉しすぎて死にそう……」

「付き合い始めてすぐに死なないで」

「うん……俺、夏凜さんと付き合う……」

答えになってないよ？　と突っ込もうとしたけど、またキスをされて喋ることができない。

「……っ、は……」

ただ触れるだけだったキスが、いつの間にか舌が差し込まれていた。彼の舌に私の舌が誘い出され、搦め捕られる。

「……ん、む……、ま、まっ……」

駐車場なのでいつ人が来るかわからない。この状況はまずいのでは。

文屋さんの胸をドンドン叩くけど、やめるどころかむしろ彼の体重がのしかかってきて、キスがより深くなっていく。

まずいまずいまずいまずい。ここ、駐車場なんですけど。

「ちょっ……待って、ストップストップ!!」

唇が離れた隙をついて文屋さんの胸を押し、距離を取った。無理矢理引き剥がされた文屋さんの顔に、なぜ？　という文字が浮かぶ。

「まだ離れたくないんだけど」

「な……何を言って……ここ駐車場だよ!?　いつ人がくるかわかんないでしょっ」

「いいじゃんそんなの。俺達の仲の良さを見せつけてやれば」

真顔で言っているけど、この人本気なのだろうか。

「もうっ……!!　だめだってば!!　そういうのは、もっと別のところでしてっ」

「わかった」

あっさり頷いた文屋さんが運転席に行った。そこから素早くシフトレバーを操作して、車を駐車スペースから動かした。

——急に素直になった……

素直な文屋さんは少々不気味だ。

「あの、どうしたの？　急に静かになっちゃって」

ハンドルを握った文屋さんが、進行方向を真っ直ぐ見つめている。

「つまり別のところなら続きをしてもいいってことだろ？　だから、さっさと俺の部屋に行って、ぐちゃぐちゃに抱き合おう」

すぐに言われたことが理解できなかった。でも意味がわかった途端、顔に熱が集まってくる。

「はっ!?　な、何を言って……ぐちゃぐちゃって……」

「だって、夏凛さんはもう俺のものってことだろ？　俺のものならそりゃ抱くよね」

「そりゃ、って……展開早すぎでしょ？　今初めて好きって言ったのに……」

「正直言うと俺、あのまま駐車場で夏凛さんのこと抱くつもりだったから。我慢したことを褒めてもらいたいくらいなんだけど」

文屋さんは笑っていない。真顔だ。

だからこそ、もしかして冗談ではなく本気なのではと思えて、背中がさーっと冷たくなった。

「っ!!　バッ……バカじゃないの!?　そんなことしたら絶対許さないからっ！」

「だから我慢したんだって。その分、あとで目一杯甘えさせてよ」

ね？　と流し目を送られて、何も言えなくなった。

――これが惚れた弱みなのか……

「わかった……」

そう言わざるを得ない。だって私、多分もうこの人にすっかり溺れちゃってるから。現に、このあと自分の身に起こることを想像して、ドキドキしてる。

マンションまで、文屋さんの口数は極端に少なかった。

そのことが気になってしまい、どうしたの？　と尋ねると、どうやら彼も気持ちが高ぶっているようで、それを抑え込むのに必死らしい。

「大丈夫なの……？」

「正直言って、大丈夫じゃない」

どうしたらいいんだ……

こんな経験今までにないから、釣られてこっちまで無口になってしまう。

多分彼は、最短ルートで帰宅したのだと思う。ナビに表示された帰宅時刻よりもはるかに早く目的地に到着したから。

「は、速い……」

「俺、ちょっと本気出しちゃったわ」

こんな軽口を叩けるくらいなのだから、さっきの大丈夫じゃないっていうのは、その場のノリだったのだろうか。

駐車場に車を停め、荷物を持ってマンションに入る。

——えーっと、とりあえず先に夕飯かな？

ちょうど夕食時だし、ほどほどにお腹も空いていた。できたての肉まんを思い出すだけで、食欲が刺激される。

エレベーターに乗っていると、向かいに立っていた文屋さんと目が合った。

「……先に夕飯食べるでしょ？」

「食べない」

「え」

きっぱり否定されてちょっとびっくりした。

すると、なぜか文屋さんが持っていた荷物を一方の手に纏めて持ち替え、空いた手で私の腕を掴んでくる。

「無理。俺がここに来るまでどんな思いで我慢したと思ってんの」

「そ、そんなに……」

「そんなに。俺、家に戻ったらすぐ夏凛さんを抱くから」

痛いくらいに心臓が跳ねた。

超真顔の彼には、とてもじゃないが、茶化したり冗談を言えたりする雰囲気はなかった。

——私、このあとすぐ、文屋さんに抱かれるんだ……

そう思ったら、急激に緊張感が高まってきて、いてもたってもいられなくなる。

「……そ……そういうことを、ここで言うのは……」

「だって事実だし。言っておいた方が夏凛さんだって心の準備ができるだろ」

「心の準備ったって……」

「それともまったく予告なしに、いきなり押し倒される方がよかった？」

「な……っ！」

淡々と言われて、恥ずかしさで言葉が出てこない。

私が返事に詰まっている間に、エレベーターがフロアに到着した。文屋さんに手を引かれながらエレベーターを降りた私は、彼の部屋まで無言で歩いた。

ドアを解錠し、文屋さんがまず部屋の中に入った。そのあと、玄関でブーツを脱いで文屋さんのあとを追うと、彼が買ってきた食材を全て冷蔵庫に入れているところだった。

――あ、偉い。ちゃんと入れてる……

すぐ抱く、と言われていたので、てっきり部屋に入るなり覆い被さってくるのかと思い込んでいた。

私はジャケットを脱いでダイニングチェアに引っかけながら、無意識にほっと息をつく。

……が。

気が緩んだような顔をしていた私に気が付いた文屋さんが、何か企(たくら)んでいるような顔で近づいてくる。

「すぐにやらないと思って安心した？　でも、俺言ったことは守るよ」

「えっ……」

言い終えるなり、あっという間に文屋さんが私に体を密着させ、腰を抱いてくる。

色気のある視線で見つめられて、射すくめられたように動きが封じられてしまう。

「どこでする？　このままここでする？　それともシャワー浴びながらしようか？」

「こっ……!!　だ、だめ、こんなところでなんか……」

私達が今いるのはキッチンのシンクの横だ。

「じゃ、ベッドにするか」

はいはいと私の背中をポンポンしながら、彼が私の手を引いて歩き出す。廊下の途中にバスルームがあったので、思わず「シャワーは」と尋ねたら、「あとで」と即却下されてしまった。

「待てるわけないだろ」

ぶっきらぼうに言われてしまう。そ、そんなにだめかな……と心の中で滝のような汗をかいていると、ベッドルームに到着した。

ロータイプの、おそらくダブルはありそうな大きなベッドは、掛け布団が足下辺りでくしゃっとなっていた。おそらく彼が朝起きたままの状態なのだろう。こんな時なのに、なんだか微笑ましくなった。

「もしかして朝、寝坊した？」

指摘したら、文屋さんがしまったという顔をする。

「寝坊じゃないけど……。まさか今日、夏凛さんとこういう展開になるとか思わないだろ」

「そうだね……」

話しながら文屋さんが私の腰に腕を回し、ぎゅっと抱きしめた。

「……今度からちゃんとするから。だから今は俺だけ見てよ」

耳元で囁きながら、彼が唇を塞いでくる。いきなり舌を差し込まれて、心の中でうわ、と思った。

——いきなりディープなやつ……

腰に回った文屋さんの手が、私の背中を上下に撫でる。その手つきだけで、興奮を煽られて、ドキドキが止まらなくなる。

「んあっ……」

相手も興奮しているのか、噛みつくようなキスをしながら徐々に体重をかけてくる。そのせいで背中が反り返り、体勢がキツくなってきた。

「ちょっ、ちょっと、まっ……きつい……」

キスの合間に訴えたら、やっと文屋さんが状況に気が付いた。

「ん。ああ……ごめん」

そう言って彼は、私をベッドに座らせ……るかと思ったら、すぐに押し倒されて、また唇を塞がれた。

吐息すら逃さないと言わんばかりに、彼が貪欲に唇を求めてくる。

「舌、出して」

言われるままに口を薄く開け、舌を出した。彼がそれに自分の舌を絡めてきて、しばらく舌を絡ませるキスを繰り返す。

これが意外にも、私の中にある情欲をより掻き立てることになった。

——エ……エロ……

人並みに恋愛はしてきたし、一通りのことは経験済みだ。結婚を考えるくらいまで男性と付き合った経験だってある。

でも、どの男性ともこんなキスはしなかった。こんな、キスだけでセックスがしたいと思わせるような艶めかしいキスは初めてで、正直ゾクゾクした。

文屋さんの唇がようやく口から離れて、首筋に移動した。べろりと舌を使って舐め上げられ、また腰が震える。

さっきから何度ゾクゾクしたかわからない。

「……夏凛さん、気持ちいい？」

「うん……」

「よかった」

言い終えるなり、文屋さんの手が服の裾から差し込まれた。直接素肌に人の手が触れる感覚が久しぶりすぎて、今度は違う意味でビクッとした。

「びっくりした？」

「す……するよ、いきなりなんだもん……」

「夏凛さんの肌、すべすべだ」

服の裾を胸の上まで捲られて、お腹の辺りに彼が吸い付いてくる。彼の柔らかい前髪が肌に触れるのがくすぐったくて、身を捩ってしまう。

「か……髪が……くすぐったい……」

「え、そう？　武器になるかな」

「何を言って……」

文屋さんがクスッと笑う。そのまま彼は、露出していたブラジャーを強引に胸の上へ捲り上げた。弾かれたように乳房が揺れ、彼の目の前に現れた。

文屋さんは眼前にある乳房をじっと見つめてから、そっと手で触れてくる。

「やべえ、眼福」

「い……いちいちそういうこと言わなくていいから！」

「わかった、黙って味わうことにする」

宣言通り、彼は掌全体を使って乳房を揉み、舌を這わせた。中心はまだそこまで尖っていなかったけれど、彼に愛撫されるたびに硬さを増し、気が付けば硬く立ち上がって相手を誘惑していた。

「……硬くなったね」

笑みを深めた彼が、尖りを指で弾く。その瞬間「ンッ！」と声が出てしまい、文屋さんを喜ばせることになった。

「可愛い」

「……っ、も……面白がってる……」

「面白いよ、だって可愛いから」

言いながら胸への愛撫を続ける。舐めたり、吸い上げたり、時々軽く甘噛みしたり。そのたびにビリビリした電流のような甘い痺れが私を襲い、呼吸が荒くなってくる。

「あっ、あ……っ、や、もうっ……やめ……」

「嫌だ、やめない。もっと夏凛をぐちゃぐちゃにしたい」

乳首を舐めながらのくぐもった声に、またお腹の奥がキュンと疼いた。すでに蜜口から蜜が溢れ出しているのがわかる。多分、私のショーツはもう、ぐしょぐしょだ。

――やだもう、なんでこんなに気持ちいいの……

文屋さんによるねちっこい愛撫は、それだけですでに私をとろとろにさせた。

でも、セックスは始まったばかり。これからもっとやばいことになる。

それがわかっているから、子宮の疼きが止まらないのだ。

「あれ。ショーツもうぐちゃぐちゃじゃん」

舌で胸先を嬲りつつ、彼がスカートの中に手を入れ、ショーツのクロッチ部分を指でなぞってくる。すでに準備万端な私に気付くと、彼は嬉しそうに頬を緩ませた。

「可愛い。大好き」

この状況で大好きとか言われちゃうと、こっちは嬉しさと恥ずかしさで死にそうになる。

「もう、やだ……恥ずかしい……」

「そうやって恥ずかしがると、男はもっと興奮するって知ってる？」

突然腕を引かれ、上体を起こされる。何？　と思っていると、万歳、と言われて服を脱がされた。下半身もスカートと一緒に全て脱がされて、私だけ一糸纏わぬ姿にされる。

「夏凛さん、綺麗だね」

じゃあ俺も、と言って、文屋さんも服を脱ぎだす。服を着ていても彼のスタイルの良さは伝わってきたけれど、脱いだらそれがはっきりわかる。しかも、いつ鍛えているのか、うっすらと腹筋も割れていて、見ているだけでこっちの体が熱くなってきた。

「文屋さんも……いい体してるね」

「そう？　ありがとう」

言いながらパンツを脱ぎ、ボクサーパンツだけになった。膨らんでいる股間は見ないようにしたけれど、彼が私で興奮してくれていることが嬉しかった。

お互い裸になったところで、彼が近づいてきて強く抱きしめられる。肌と肌が直接触れ合う感触が気持ちよくて、私も彼の背中に手を回し、抱きしめ返した。

この状態でまたキス。

文屋さんはキスが上手い。唇と舌を巧みに操り、いとも簡単に私を蕩けさせる。

「夏凛……好きだ」

いつの間にか、夏凛と呼び捨てにされている。でも、それを指摘するつもりはなかった。

「うん。……私も好き……」

うっとりとキスに翻弄されていると、彼の指が私の中に入ってきた。最初は探るようにゆっくりと。でも、すでにそこがぐっしょりしているとわかると、躊躇うことなく奥まで指を入れてきた。

「あ……っ」

久しぶりの感覚に、意図せず声が出てしまう。

「痛い？　大丈夫？」

「大丈夫……。久しぶりだったから……なんでもない……」

じっと私の様子を窺っていた文屋さんが、頬にチュッとキスをした。

「無理しないで。なんかあったら言って」

「ん……」

頷くと安心したように、彼は愛撫を再開した。膣壁を長い指で撫でられながら、胸や首へも唇で愛撫される。

彼の触れ方はとにかく優しくて、これまでの強引なアプローチとはまったく違った。

そんなギャップすら、私を興奮させる要素になる。

「あ……っ、は……っ……」

「すごい……夏凛、どんどん溢れてくるよ」

私の中を出入りする指の速度が上がる。スムーズなその動きで、どれだけ自分が濡れているのかわかり、恥ずかしくて彼から顔を背けた。

「やだ……、言わなくていいから……」

「ああ、まだ愛撫してないところがあったな」

そう言って、覆い被さっていた彼が身を起こした。

「え……」

何？　と彼の動きを追って上体を起こそうとした時。文屋さんが足の付け根に顔を埋めようとしていて、ハッとする。

「ちょっと、まっ……」

「待たない」

そう言うなり、彼が敏感な蕾に吸い付いた。強い電流のような痺れが体を駆け巡り、思わず背中を反らしてしまう。

「ああっ!!　やっ……!!」

「今、中が締まったよ。気持ちいい？」

蜜口に指を入れたまま、蕾を舌で愛撫する文屋さんの顔には、ぞくぞくするほど甘い笑みが浮かんでいる。でも、それに目を奪われたのは一瞬で、すぐに何も考えられなくなった。なぜなら、私が平常心を保てなくなったからだ。

「あっ……、ン……!!　やだ、やだ、だめえ……っ」

休みなく与えられる強い快感に襲われて、だんだん思考が奪われていく。

——だめ……っ、気持ちよすぎてもう、何も考えられない……っ！

「んあっ、ま……待って、イッちゃう、イッちゃうからっ……!!」

「イッていいよ。夏凛がイくところが見たい」

「やっ、へ……へんたい……っ」

「そう、俺変態だから。夏凛限定だけど」

会話の合間も止まらない愛撫（あいぶ）の手に翻弄（ほんろう）されながら、頭の中で嘘でしょ、と叫ぶ。

──そんなところで喋（しゃべ）らないでよっ……！　もう、バカバカバカっ……!!

ぎりぎりのところで耐えていたのに、蕾（つぼみ）を指で弾くような愛撫（あいぶ）を繰り返されて、一気に快感が高まり絶頂に達してしまう。

「あっ、ぁ……ン、ンンンっ!!」

ぴんと足先を伸ばし、ややあってからくったりと脱力した。

「イッた？」

「ん……」

愛撫（あいぶ）の手を止めた文屋さんが私の顔を覗き込み、唇にキスをしてくる。

「イッたあとの夏凛も、可愛いな」

ふふ、となぜか上機嫌の文屋さんが、ベッドから立ち上がった。壁側にあったクローゼットを開けて、そこから避妊具の箱を持って戻ってきた。

「買っておいてよかった」

笑顔でベッドに腰掛けると、ボクサーパンツを脱ぎ避妊具を装着する。

ぐったりしながらうっすら見えた文屋さんの股間は、下腹にくっつきそうなほど勃起していた。

今からアレが私の中に入るのか……と考えただけで、子宮が疼いて仕方なかった。

「夏凛」

文屋さんが私の名を呼びながら近づいてくる。私の股間の辺りに、彼の昂りが触れてドキッとするけれど、彼はすぐに挿入はせず、そのまま私を抱きしめた。

「好きだよ」

舌を出しながら、キスをせがんでくる。それに応えていると、彼が私の股間に屹立を宛がった。あ、くる。そう思ったのとほぼ同時に、ゆっくり彼が私の中に入ってきた。

「あっ……！」

隘路を埋め尽くす圧迫感に、思わず声が出てしまう。

「大丈夫？　辛くない？」

動きを止めた文屋さんが、心配そうに私を見つめている。

「大丈夫……いいから、続けて？」

目の前にいる文屋さんの首に腕を巻き付けて、続きをせがんだ。それに安心したのか、彼が再び屹立を奥まで進めてくる。

「……っ、はい、った……。やっべえ、マジで……気持ちよすぎ……」

すごく苦しそうな表情をしているから、わかりにくいよ。

奥に入れたまま、彼はしばらくじっとしていた。大丈夫かなと背中をさすっていると、いきなり噛みつくようなキスをされる。

「マジで好き、めちゃくちゃ好きだ」

キスの合間に熱い愛の告白をされて、下腹部がじわ……と熱を帯びる。

まさか三十を過ぎてから、男性にここまで愛されるとは思わなかった。

私を好きになってくれたこの人を、今なら間違いなく愛していると言える。

「うん。私も好き。大好き」

彼の頬に手を添えて、私からキスをした。一瞬、文屋さんが驚いた顔をしたけれど、すぐにお返しとばかりにキスをして、腰を動かし始めた。

「……っ、あ、あっ……」

短いスパンで突き上げられて、勝手に声が出てしまう。

激しいけれど、決して独りよがりではない。時々動きを止めて私のいいところを探るような動きをしたり、わざと浅いところを狙って屹立を擦りつけたりする。

そんな風に、私の様子を窺いながら共に高め合う行為に深い愛情を感じて、私の中からどんどん蜜が溢れてくる。

——知り合った時は全然いい印象なんかなかったのに……その人と今、こんなことしてるなんて不思議……

第一印象って当てにならないもんだな。なんて、ぼんやり考えているうちに、文屋さんが私から屹立を引き抜いた。

「……？」

どうしたのかと思っていたら、体を横向きにさせられる。

「ちょっと……くっつきたいから」

文屋さんが私の背後にぴったりくっついて、後ろから挿入される。

「んっ……！」

後ろからの挿入に体がビクッと震える。

――何、くっつきたいって、可愛いんだけど。キュンとした。

などとときめいていたのも束の間、後ろから私を抱きしめた彼が、激しく突き上げを始めた。

「あっ、あ、あっ、やっ、は……はげしっ……」

突き上げると同時に胸への愛撫もされて、再び私を甘い痺れが襲ってくる。

「あ、あ、あ、だめ、だめっ……イく、イくっ……!!」

「ん……っ、俺も、イきそ……」

耳の後ろから苦しげな声が聞こえたと同時に、私の方が先に果ててしまう。そして文屋さんが激しく抽送したあと、ガクガクと体を震わせて果てた。

二人ではあはあ言いながら、ベッドでぐったり横になる。でも文屋さんは、すぐに私から屹立を抜き、避妊具の処理を始めた。

「マジで……めっちゃ気持ちよかった……」

避妊具の処理を終えてベッドに戻ってきた文屋さんが、再び背後から私を抱きしめる。

なんだかこういう体勢で抱きしめられると、甘えられているみたいで母性本能がぎゅんぎゅんくすぐられる。

――やばい、可愛い……私、文屋さん沼にハマりそう……

「俺、頑張ってよかった」

後ろから私の肩に顎を乗せ、頬にちゅっと吸い付いてくる。ぱっと見はクールでかっこいい人なのに、二人でいると甘くてエロい。ギャップだけでもう、メロメロになりそう。そんな文屋さんが、可愛くてたまらない。

なんとなく顔が見たくなって、くるっと体を彼に向ける。目と目が合うと、切れ長の目が嬉しそうに目尻を下げた。

「うん……ありがとう。付き合えたからって、すぐ捨てないでね？」

「捨てねえって」

頬を撫でてくる彼の手に自分の手を重ねて、その手にチュッとキスをした。

六つも年下の男性と付き合うなんて考えてもいなかったけど、意外といいもんだな。

そんなことをしみじみと思いながら、文屋さんとの甘い時間を過ごしたのだった。

もちろん買ってきた惣菜や肉まんは、このあとちゃんと食べた。


愛し合ってご飯を食べて、またソファーでいちゃいちゃしていたらあっという間に深夜になってしまった。

明日はお互いに朝から仕事。寝る時間も大事なので帰る、と言ったら文屋さんが衝撃を受けたような顔をする。

「なんで……俺、このあと蜜月突入だと思ってたのに」

「何を言ってるの。あなたも明日は仕事でしょう。ちゃんと寝ておかないと」

「そうだけどさあ……なんつーか、夏凛の部屋が部屋だけに、ここにいてほしいっていうか……セキュリティ面でもこっちの方が安心だろ?」

それを言われちゃうと、ぐうの音も出ないんだけど。

「そうだけど、付き合ったからって、いきなり同棲なんかできないよ」

Tシャツにハーフパンツという格好の文屋さんが、着替えを終えた私に抱きついてくる。

「じゃあ考えておいてよ。部屋なら余ってるから、とりあえず早めに向こうのアパートを引き払ってうちに来なよ」

「……か、考えるけど……急には無理だからね?」

彼の部屋に来いと言ってくれるのは嬉しい。でも、まだ付き合い始めたばかりだし、この関係がずっと続くという保証はない。

ましてや相手は、私より六つも若いのだ。突然、もっといい人を見つけてそっちに行ってしまう可能性だってある。年齢的に、どうしたってそういうことを考えてしまうし、今すぐこの部屋に引っ越すのは危険行為でしかない。

――同棲したあとに別れたら、住むところがなくなるじゃない……そんな恐ろしいこと、すぐに決められないわ。

もちろん文屋さんのことは好きだし、ずっと一緒にいたいと思う。でも、始まったばかりのこの恋に、自分の一生をかける勇気がまだないのだ。

これを話したら絶対不機嫌になりそうなので、大人の私は口にしないでおく。

文屋さんが、当然のように私のアパートまで車を出してくれた。

なんだかんだ言っても結局優しい彼に惚れ直してしまう。別れ際は、何度も名残惜しそうに手を握って、キスをした。

「また連絡するから。おやすみ」

「うん、おやすみ」

手を振りながら、文屋さんの車が見えなくなるまで見送る。

久しぶりの恋は経験がないほど情熱的で、濃厚だった。だからなのかわからないけれど、まだ体の中に彼がいるような気がして、ぽわぽわしながらアパートに帰った私なのだった……

## 四

文屋さんと交際を始めて、数日が経過した。

次の日はまだあまり付き合い出したという実感がなかったけれど、一日と空けず彼から送られてくるメッセージだったり、帰宅時間を見計らってかかってくる電話があるせいで、だんだん恋人がいる日常というものを実感するようになった。

そして金曜の夜。昼間の仕事を終えてバーでバイトをしている最中、常連のお客様に声をかけられた。

「夏凛ちゃん、付き合ってる人はいないの？」

声をかけてきたのは、月に数回一人でやってくる三十代の男性だ。大体いつも仕事帰りにふらりとやってきて、カクテルか水割りを二、三杯飲んで帰っていく。

特別イケメンというわけではないけれど、身なりが良くて笑顔が爽やかなので印象のいい人だ。

別に隠す必要はないので、本当のことを言う。

「いますよ、付き合ってる人。まだ付き合い始めたばかりですけど」

はっきり言ったら、常連さんがやっぱりなあ、と笑った。

「そりゃそうだよなー、こんだけ綺麗な人なら恋人くらいいるよなあ。いや、昼も夜も働いてるって言うからさ、恋人と会う時間とか作れるのかなってちょっと疑問に思って」

「……うーん、会うのは休みの日か休日前の夜になりますけど……。でも、連絡は常に取ってますよ」

カウンターの中で洗い物をしながら答えると、常連さんがそっかー、と納得している。

「やっぱ、付き合うならマメでないとだめだよね……。俺ももっとマメにならないといけないのかな」

言い終えてすぐ、はあ……とため息をつくお客様の様子が、なんだかとっても気になる。

「えーと、差し支えがないようでしたらでいいんですけど、お客様に恋人は……」

「あー、うん。いるよ。いるんだけどさ、最近仕事が忙しくて、あんまり会えてなくってさ。そしたら機嫌損ねちゃって、今喧嘩中なんだよね」

あはは、と困ったように笑うお客様に、どんな顔をしたらいいのか悩む。

私は、少し困り顔をしたまま、話を続けた。

「そうでしたか。でも、理由がお仕事なら、話せばわかってくれるんじゃないですか？」

「俺もそう思ってたんだけどね～。とにかく会えないっていうのがだめらしくって。かといって仕事はないがしろにできないでしょ？　それがないと生活できないわけだし、俺もやりがいがあって頑張ってるわけだし。だからもう困っちゃって」

カウンターに突っ伏しているところを見ると、本気で悩んでるなあ、これ。

「……やっぱり、まずは相手の不安を取り除いてあげるのが大事だと思います。連絡も、せめてメッセージだけでもこまめに送れば、相手も安心するでしょうし……」

「そっか、そうだね……。できるだけ連絡取るようにしてみるよ」

「頑張ってください！」

なーんてわかったようなことを言っている私だけど……

これって、完全に男女の立場を入れ替えた私と文屋さんの状況だと途中から気が付いて、冷や汗が止まらなかった。

――もしかして……そのうち私も、このお客さんみたいに文屋さんと喧嘩ばっかすることになるのだろうか……

実際今も、休みが少ないことと、ダブルワークをしていることについては、ちくちくと言われている。

できれば辞めてほしいけど、せめて出勤数を減らしたりはできないの？　とか。

私の体を心配して言ってくれているので、ありがたいと思うし、もちろん嬉しい。でも、せっかく慣れた仕事をそう簡単に手放す気になれなくて、めちゃくちゃ葛藤中である。

――だって夕飯も食べられるし、時給もいいし、人間関係も良好だし、で辞める理由が見つからないんだもの……

でも今の生活を続けることで、恋人と喧嘩するのは避けたい。だけど……と、考えがループを描いているのだ。

こんなんじゃいつまでも答えなんか出ない。

悩んでいるうちに愚痴を吐いていたお客様も帰り、私の終業時間が近づいてきた。できる範囲で店内の片付けや掃除を済ませてから、宮地さんに挨拶をして店を出た……ら、階段を上がったビルの一階付近に文屋さんの姿を見つけてしまい、思わず息を呑んで立ち止まる。

彼は私に気が付くと、すぐ笑顔になって近寄ってくる。

「お疲れ」

「えっ……。ど、どうしたの？　こんな時間に……」

「残業してたらまあまあ遅くなったんで、夏凛が終わるのを待ってた。送るよ」

サラリとそんなことを言う文屋さんに、呆気にとられた。

「え……えええ。何、なんか……彼氏っぽい」

「彼氏だから。これくらいするでしょ、心配だし」

ほら、と手を掴まれ、指を絡めて握られた。

「……優しいね、文屋さん」

「そりゃね。彼女に優しくしなくて誰にするんだって話」

仕事帰りなので、今の文屋さんはスーツの上にトレンチコートを羽織っている。暖かそうな格好をしているけど、手が冷たい。

もしかして私が出てくるまで、ここでずっと待っていてくれたのだろうか。それを思うと、彼の優しさが身に沁みた。

「もしかして、結構待ってた？」

「いや。さっき来たばっかり」

嘘くさいなあ。

でも、私に気を遣わせないための嘘は、優しい嘘だ。

「もー、優しいんだから」

歩きながら、一瞬だけ彼の肩に頭をこつんとぶつけた。本当に一瞬だったので、文屋さんがハッとこっちを見た時には元の体勢に戻っている。

「……何、今。可愛いことしなかった？」

「可愛いかどうかはわかんない。ちょっと甘えたくなっただけ」

「ええ……何それ……今のもっとやってよ」

「やだよ」

今更ながら、自分のしたことが恥ずかしくなってきた。

彼からのリクエストには応えず、手を繋いだまま最寄り駅まで歩く。その最中、思い出すのはさっきのお客様との会話だ。

文屋さんがわざわざここまで来てくれたってことは、やっぱり二人の時間がもっと欲しいってことだよね。それを思うと、なんだか申し訳なくなってくる。

「あのさあ……。文屋さんは、やっぱり私にダブルワークをやめてほしいんだよね？」

「……夏凛が考えて決めたことだから、本当は応援したいよ。もちろん無理をしなければっていうのが大前提だけど。でも、やっぱりオーバーワークっていうのは知らないうちに体を蝕（むしば）んだりするから、できることならやめた方がいいんじゃないかと」

「それはまあ、わかってはいるんだけど……」

私だって、今はたまたま、元気でやる気があるからこの生活を続けていられるだけで、どこか一つでも体に異変を感じたら、もう続けられないのはわかっている。

「俺が前にいた職場でもあったんだよ。大手のデザイン事務所だったんだけど、職場に泊まり込んだりして、傍（はた）から見てもオーバーワークだった人が、ある日突然倒れてさ。運良く命は助かったけど、さすがにあそこではもう働けないって言って辞めてった。俺が知らないだけで他にも数件そんなことがあったらしい。まあ、その人のことがあってからは、長時間労働ができなくなったけど、やっぱ人間、寝ないとだめだって思い知った」

「……うん、そうだよね……」

文屋さんがちらっとこっちに視線を寄越した。

「あとは、夜の仕事ってことがネックかな。酒が入ると女性を口説く男っているだろ。夏凛は綺麗だから、そういう男に目を付けられるんじゃないかって心配してる」

「そ……それは……ないこともないけど。でも、口説くったって半分くらいはその場のノリみたいな感じで、本気で口説かれることはそうそうない……」

「そうそうなくても、まれにはあるってことだろ。たとえまれだとしても、嫌なんだよ、俺が」

淡々とではあるけれど、彼の顔が真顔なので、本気で嫌がっているのがわかる。

「それを言われちゃうとなあ……」

かといって客商売はお客様を選べないし、あの店だと裏方の仕事もない。彼の不安を解消するには、辞めるという選択しかない。

「悩んでるね。葛藤(かっとう)してる？」

「するよそりゃ。あそこ、仕事もやりやすいし、いい職場だと思ってるから」

彼を安心させるには辞めるしかない。でも、今の私はまだ、それを決断できない。

「じゃあ、逆の立場で考えてみなよ。もし俺が夜の店でバイトしてたら、夏凛はどう思う？」

「え。文屋さんが夜の仕事？」

「そう。夏凛みたいに、ああいうバーでさ、バーテンダーなんかやってたらどう？　平気？」

「それは……」

言われて、実際に頭にその様子を思い浮かべた。文屋さんのバーテンダー姿なんて様になりまくってて、そんなの女性が見たら目がハートになるに決まってる。絶対声をかけられるだろうし、好意を持たれて告白なんかされちゃったりして……

——うわー。想像してみたら、予想以上にきっついな！

たまらず無言のまま文屋さんを見上げた。私の気持ちを読んだように、彼が、「どう？」とばかりに視線を送ってくる。

「我慢できる？」

「……ううん、できないかも……」

「だろ？　これでちゃんと考えてくれる？」

「わかった、考えるよ……」

仕方ない、彼の気持ちもわかるし、ここは自分が折れるべきだ。

他愛ない話を続けながら駅に到着した私達は、一緒に電車に乗り私の最寄り駅までやってきた。そこから徒歩数分で、アパートに到着する。ここでいいと言ったのに、彼は譲らず部屋の前まで送ってくれた。

しかし、文屋さんが帰ろうとする気配はない。これはもしや。

「……もしかして、うちに来たいの？」

「うん。入りたい」

「……」

文屋さんの部屋との差がすごいので、さすがに躊躇（ちゅうちょ）する。でも、本人が入りたいと言っているのだから、いいか。

「……わかったよ……。でも、すごく狭いよ？　古いし。そこんとこ覚悟して入ってね？」

「オッケー」

軽い感じに返事をされた。本当に大丈夫かなと不安になりつつ、部屋のドアを開けて中に招き入れる。

「この前も思ったけど、すっきりしてるよね、この部屋」

狭い玄関で靴を脱ぎ、部屋に上がるなり彼が中を見回す。

「すっきりさせてるんだよ……。なんせ、あんまり収納がないからね。だからものを増やせなくて」

「ああ、なるほど」

収納は六畳のリビングの壁際にある押し入れだけ。上下に分かれていて、昔はここに布団をしまっていたんだろうとわかる造りだ。

「季節物の服は収納ケースに入れてるけど、基本的に服は、このハンガーラックにかかってる分しか持ってないの。少数精鋭」

「へえ……ショップ勤務でも増えないんだ。俺の知ってるヤツも、似た職業してるけど服の数がすごいんだよ。たまにもらったりするくらい多い」

ハンガーラックにかかった服を眺めながら、文屋さんが感心している。

「昔はもっと多かったけど、思い切って、一年以上着なかった服を処分するようにしたの。そうしたら、残ったのは結局これだけだったという……。少ない服でも意外と問題なく着回せるのよ」

着ていたアウターを脱ぎ、ハンガーラックの定位置にかけた。文屋さんの着ていたトレンチコートも、皺にならないようハンガーにかける。その際に見えたタグが有名ブランドのものだったので一瞬ギョッとするけど、平常心を保った。

――い、いい服着てるなあ……

確かに文屋さんってスーツも体にフィットしていて、プレスがきっちりしてる。私服のセンスも良く、身に着けている服も生地がしっかりしていて上質なものばかりだ。

「……文屋さんって、服にこだわりとかあるの？」

「特にない。ただ、好みは親から引き継いでる気はする。奇抜なものより上品でシンプルなものが好き」

なるほど、それはなんとなくわかる。彼が着ている服は無地が多く、アクセサリー類も付けていない。だけど本人にかなりの存在感があるから、シンプルな服装でもじゅうぶんかっこいいという。これって、文屋さんならではだと思う。

「……さて。お招きしたのはいいんだけど、私、明日も仕事なのよ。だから、あんまりゆっくりできないの。もうお風呂に入って寝ないと……」

申し訳ない気持ちで彼に説明する。すると文屋さんは、そんなことは承知しているという顔をしながら、うんうん頷いている。

「はいはい、どうぞ。俺のことは構わなくていいから」

「いや、そういうわけにはいかないでしょ……」

「本当にいいんだって。俺、明日は休みだし。朝、夏凛が出勤する時に一緒に帰るつもりで来たんで」

「……えっ。そうなの？」

ネクタイを外し、シャツのボタンを数個外した文屋さんが、床にぺたんと腰を下ろす。投げ出した足の長さに、おお……とおののく。

「そう。ちゃんと泊まる気満々でね？　歯ブラシも下着も買ってきた」

そう言って、手にしていたビジネスバッグをポンポン叩く。

「ど……どんだけ準備がいいの……」

「少しでも夏凛といたいんで。あ、寝る時はベッドで一緒に寝ような？」

ベッド……と言われて、自分のベッドに視線を移す。

私のベッドはシングルサイズなので、大人二人が寝るにはギリギリの大きさだ。

「……いいけど、狭いよ？　疲れ取れないんじゃ……」

「問題ない。夏凛とくっついて寝れば、それだけでエネルギーのチャージになるし」

さらっとすごいことを言ってくれる。おかげで、さっさとお風呂に入りたいのに、ドキドキして全然準備が進まない。

「と、とりあえず。お風呂の用意を……」

「一緒に入ろうぜ」

なんとなく、そう言われるのではないかと思っていた。案の定、である。

「……っ、いや、あのねっ！　本当に狭いの！　文屋さんとこみたいに広くないから、二人で入ったら大変だって！　それに洗い場もないし……」

「シャワーでいいじゃん？　洗ってあげるよ」

言われた瞬間、体を彼に洗われている図を想像してしまい、恥ずかしさが限界突破した。思わず自分で自分を抱きしめる。

「やだっ！　何考えてんの、エロっ!!　エロ才門っ!!」

さすがにこれには、ずっと淡々としていた文屋さんも顔を顰めて固まった。

「……エロ才門………ほう……？」

明らかにさっきとは様子の違う文屋さんにハッとする。私、もしかして言ってはいけないことを言ってしまったかも。

やばい、と思いながら彼を窺っていると、立ち上がった文屋さんがいきなりシャツを脱ぎだした。

「まあ確かに？　今の俺、夏凛といちゃいちゃすることしか考えてないから、間違ってないな。わかってるなら話は早い。さっさとシャワー済まそうぜ」

あっという間に上半身裸になった文屋さんが、私の服の裾を掴み、頭から一気に引き抜いた。ブラジャーだけになった上半身を見下ろしポカンとしているうちに、彼の手がいともたやすくブラのホックを外してしまう。

「いい眺め」

彼の前にポロンと零れ出た乳房に、早速手が伸びてくる。手だけでなく、彼の顔も近づいてきて、先端を口に含まれた。

「あっ……！」

くちゅっと音を立てながら舐められ、時々強く吸い上げられて、腰から力が抜けそうになる。

「やだ、ちょっと!!　シャワー浴びるんじゃ……」

「……浴びるよ、このあと。先にちょっとだけ触らせて」

「ちょっとだけって、どれだけ……っ、あ……、ンっ……」

胸を舐める舌の動きと、もう片方の乳房を愛撫する手の動きが激しくなり、すぐに立っていられなくなる。

――こんなことされると、したくなっちゃうのにっ……もう、エロ才門……っ!!

かといって明日も仕事だ。思いっきりいちゃいちゃするような時間はない。本当は最後までちゃんとしたいけど、それをグッと堪えて文屋さんを引き剥がした。

「……もう終わり？　早くない？」

「ほっ……本当にだめっ！　し……したくなっちゃうから……」

「じゃあ、しようよ」

「本当に時間ないからっ！　もう、さっさとシャワー浴びるよっ」

時間がなくなってきて焦るあまり、文屋さんを連れてバスルームに飛び込んだ。その後はお察しの通り、お互いに体や髪を洗いながら一緒にシャワーを浴びることになった。

「夏凛と初めてのシャワー、楽しかったなー」

部屋に戻り、文屋さんは満足そうに濡れ髪をタオルドライしている。

なんと彼は、部屋着のジャージパンツまで持参していた。どれだけ準備がいいんだ、この人は。

――こっちは生まれて初めて男の人に体を洗われて、恥ずかしいったらないわ……

おまけにシャワーの間、ちょっとした悪戯が混ざるので、変な気になりかけるのもキツかった。

そんなことを考えながら、三十二歳の女性にとって必要不可欠なスキンケアを念入りにおこなう。

彼とのセックスは経験済みだし、一緒にお風呂に入って体まで洗われた。しかも手で。今更すっぴんを見られることなどたいしたことじゃないように思えて、堂々と顔にクリームを塗りたくる。

「楽しいって……あんなに狭い場所で？　文屋さん、真っ直ぐ立てなくて、ずっと屈んでたじゃない……。腰痛かったでしょ？」

うちの浴室はちょっと天井が低いので、百八十センチを優に超える長身の彼だと、かなり体勢がキツそうだった。座って体を洗うならまだしも、二人一緒だとそのスペースがない。

「うーん、まあ。でも仕方ないし。だけどここ、リフォームしてるんじゃない？　外見の古さに比べて意外と水回りは綺麗だった」

「よく気付いたね。そうなの。このアパート、一度全部屋リフォームしたんだって。昔はトイレも和式だったらしいし……それに比べたら全然いいんじゃないって」

「そりゃ和式よりはいいけどさ。やっぱうちに来ない？　一人の部屋が欲しければ、部屋余ってるから夏凛が一部屋使っていいし」

「え……」

「だから仕事のことも含めて、真剣に考えてよ。俺との未来もさ」

首にタオルを巻いた文屋さんが、真剣な目で見つめてくる。

「……うん、わかった……」

正直言って、ただ生活するだけなら昼間のお給料だけでじゅうぶんやっていける。実際、バーで稼いだお金は、貯金や投資に回していた。将来的に貯蓄はあった方がいいけれど、好きな人にここまで言わせて続ける意味はあるのか？　と思えてきてしまう。

──明日、宮地さんに相談するかな……

考えも纏まったし、スキンケアも終わった。さて寝るぞとベッドに視線を移すと、いつの間にか文屋さんが布団の中に入っている。

「寝る？　ほら」

彼は布団を捲って、ここに入れと敷き布団をポンポン叩いている。

「あの……それ、私の布団なんですけど……」

「まあまあいいから。早くおいでよ」

苦笑しながら部屋の照明を消し、ベッドに移動した。布団の中に滑り込むと、すぐに文屋さんが覆い被さってきて、キスをされる。

「やっぱりすぐに寝ないじゃない……」

「そりゃね。夏凛ともう少しいちゃいちゃしたいし」

――いちゃいちゃか……

「……それって、どこまで？」

「ん？　俺としては一回でいいからしたいんだけど」

そう言われてしまうと、なんだか私も体がむずむずしてきた。

明日……というかもう今日だけど、あまり時間をかけなければ……一回くらいなら、アリかな。

自分の中でＯＫが出たので、文屋さんの首に腕を巻き付けた。

「じゃあ、一回だけ。……しよ？」

ＧＯサインを出したら、文屋さんの顔に笑みが広がる。わかりやすいな。

「夏凛、大好き」

「た、ただし!!　壁が薄いからあんまり声出せないから!!　ひ……控えめに……私が」

注意してるうちに、声を出すのは大概私の方だと気が付いた。それが可笑(おか)しかったのか、文屋さんがぶふっ、と噴き出した。

「了解。……でも、気持ちよくさせたいから、夏凛、自分で口を押さえて」

もしくは俺が口を塞げばいいんだな。と彼が呟く。えっ？　と聞き返す間もなく、すぐにキスで口を塞がれてしまい、何も聞けなくなってしまった。

このあとは約束通り、一度だけ濃厚なセックスをしてからお互いに眠りについた。行為の最中、ほとんどキスをされていて、声が出せなかった。でも逆にそれで興奮を煽られてしまい、ひどく感じてしまった私なのだった……


翌朝、一緒にアパートを出た文屋さんとは駅で別れた。

出勤し、セレクトショップで仕事中、久しぶりにオーナーが店に現れた。

「やー。お疲れ様！」

「あっ……おはようございます。早いですね！」

「うん。今日、例の作家さんの商品が納品になるでしょ。いろいろ説明をしようかなと」

オーナーはつい先日、五十歳になったばかり。資産家の息子という恵まれた環境にあぐらをかくことなく、自分の店をより魅力的にすべく、自らいいものを探して各地を歩き回り、買い付けてくる行動力のある人だ。

——ただ店を出しても、お客さんが来なかったらすぐ潰れちゃうもんね。そういう点では、うちのオーナーは金持ちってだけでなく商才があると思うなー。

実際、オーナーが惚れ込み店で扱うようになった商品を目当てに、リピーターになってくれるお客様も多い。文屋さんのお母様もそうだけど、気に入った商品と同じ作家さんのものが欲しいと言ってくれる人は、結構いるのだ。

今日は最近オーナーが見つけてきた、リネンで服を作る作家さんの商品の納品日。いつも検品しつつ、私や富樫さん達にサンプル品を寄越して、実際に着た感想をくれと言う。

「リネンだから夏は涼しいし、体の線を拾わないから着やすいと思うよ」

渡されたサンプルのワンピースを、早速広げてみる。色は白と薄いブルー。一枚で着るも良し、パンツなどと合わせ羽織ものとするも良し、と使いやすそうである。

「いいですねえ、店でたくさん着て宣伝しますね」

「そうしてくれる？　それはそうと、蔦さん。彼氏できたんだって？」

なんの脈絡もなく突然聞かれて、相手がオーナーであるにもかかわらず、「は？」と声が出てしまった。

「な、なんですかいきなり」

「いやあ？　姉のところで小耳に挟んだんでね？」

白髪（しらが）交じりの短い髪を手で掻き上げながら、オーナーが微笑む。

ちなみに姉のところというのは、夜にバイトしているバーのことだ。私がいる時間に来店することはめったにないが、もしかしたら深夜に顔を出しているのかもしれない。

「ほら、一応前の店からこっちに移動してもらった経緯を知る者としては、ちょっと聞いておかなきゃいけないかなっと」

そうなのだ、前の彼氏と別れた時、オーナーの経営する別のアパレルショップにいた私は、彼から逃げるために別の店舗へ異動させてくれと頼み込んだのだ。

それで、当時出産を機に退職したいと願い出ていた女性社員に代わり、この店で働くことを提案された。それもあって、今まで元彼に会うこともなく、平和に過ごしている。

全てはオーナーのおかげなのだ。

「ま、まあ……できました。出会ったのはこの店なんです。最初、お客さんとして来て、そのあと偶然バイト先で再会して。それから仲良くなったたって感じですね」

簡単に経緯を説明したら、オーナーがにんまりと笑う。

「えー。それって、うちの店とあのバーのおかげで、彼氏ができたようなもんじゃない？」

「そうですね。じゃなかったら多分知り合ってませんし」

「ええー、いいじゃんいいじゃん。しかも何、相手の子年下なんだって～？　やるじゃん」

なぜかはわからないけれど、オーナーのテンションが高い。

——なんで相手が年下だとこういう反応なんだろう……？

疑問に思ったけど、敢えてそこは突っ込まないでおく。

「そんな、普通ですって。若いけど仕事をきちんとしている人だし」

「そうなんだ？　いやあ、でも良かったよ。前の人と別れた時、もう絶対恋愛なんかしない、一生一人でいいですって断言してたからなあ、蔦さん」

あはは、とオーナーが声に出して笑う。

「つい最近までは、本気で恋愛はしないつもりだったんです！　だから夜のバイトだって始めたのに……。付き合い出したことは後悔してませんけど、本当に自分でも想定外のことで」

「まあねえ。恋愛なんてそんなもんだよねえ。俺だって結婚した時は上手くいくって信じて疑わなかったし」

ちなみにオーナーはバツイチだ。

二十代の終わりに結婚したけれど、仕事で日本全国から海外まであちこち飛び回るオーナーと奥様との間にすれ違いが生じて、五年後に離婚したのだそうだ。元の奥さんとの間には女の子が一人いて、たまにこの店にも遊びに来る。もうじき成人するはずだけど、イケメンのオーナーに似てかなりの美人さんだ。

「でもさー、そしたら蔦さん夜のバイトはどうするの？　続けるの？」

まさに今、私が悩んでいることを聞かれる。

少しだけため息をついてから、オーナーと向かい合う。

「実は、彼に辞めてほしいって言われてるんですけど……私はまだ、決心つかなくて」

「なるほど。でも、男からすると夜のバイトはやっぱり、心配だよね」

腕を組みながら、オーナーが神妙に頷く。

「姉さんのとこだし、客層も悪くないけど。でもやっぱり、夜の仕事ってのは、どうしたって女性にリスクがあるし。俺だって自分の彼女が夜のバイトしてたら止めるかもね」

「そ、そう、ですか……」

オーナーにまで言われると、やっぱりそうか……と項垂(うなだ)れてしまう。

これは本当に、バイトを辞めなきゃいけないかも。

「まあその辺は、相手とよく話し合って決めるといいよ。俺としては、昼間は今のまま働いてくれると嬉しいな！」

「大丈夫です。昼間の仕事は辞めませんから！」

「それを聞いて安心したよ。じゃあ、頑張ってね！　あ、富樫さーん、おはよう」

出勤してきた富樫さんを見つけると、オーナーは素早くそっちに行ってしまった。

――いつ見ても明るいなあ、オーナーは……

フットワークが軽いし、気ままな独身貴族だからか外見も若い。たまにオーナー目当てのお客様も来るけれど、あの人は意外と誘いには乗らない。熱心な誘いもするりとかわしてしまう。

オーナーは一度失敗してるからか、もう二度と結婚はしないと決めているようだ。

だからなのか、うっかり恋人を作って、万が一にも本気にならないように自制している気がしてならない。

意思が強いのだ、オーナーは。それに対して私は……

――文屋さんの押しに負けて付き合い始めちゃったし。

でも、もう彼と別れるなんて選択肢はない。私も彼のことが好きになってしまったし、なんとかこの恋愛を続けたいと思っている。

オーナーに言われたからじゃないけど、今夜、バーで宮地さんにこのことを相談するつもりでいたのだ。そのついでに、今月いっぱいで辞めます、と言うかどうかも考えている。

それなのに――

セレクトショップの勤務を終えてバーに行くと、奥のテーブル席に文屋さんを含めた五人くらいのグループがいて、目を疑った。

「は？　なんで……」

「開店と同時に来店されたんだよ。で、あの中にいる人、夏凛ちゃんの彼氏……だよね？　何度かうちに来てくれたことあるもんね？」

宮地さんが微笑みながら聞いてきた。

「そ、そうですね……」

何も連絡なかったよね、と文屋さんを含むお客様達を眺めていると、彼が私に気が付いた。

ニコッと笑うとおもむろに立ち上がり、こっちに歩いてくる。

「夏凛。今から仕事？」

朝別れた時は、昨夜から引き続きのスーツ姿だった。でも今は完全に休日スタイル。丸襟（まるえり）のシャツにカーディガンを羽織り、下はゆるめのボトムス。周囲にいる仲間達も似たような格好だ。

「そうだけど、どうしたの。開店してすぐとか珍しいね」

「うん、実は学生時代の友達から連絡もらって。飲みに行くことになったんだけど、俺としては夏凛にも会いたいし悩ましいところでさ。それを友達に言ったら、いっそ夏凛のいる店で飲めばいいんじゃない？　て話になったんで、来た」

「あ、そ、そうなのね……了解……」

ていうか、朝別れたばっかりですけど。

思わず喉まで出かかったけど、言ったら機嫌が悪くなりそうだったのでグッと呑み込む。

「じゃあ、私は仕事してるから。ごゆっくり」

「ありがとう。頑張って」

うん、と手をヒラヒラさせて文屋さんと離れた。

私に会いたいと思ってくれてるのは嬉しいけど、職場にいられると少々気まずい。

——宮地さんに今後のことを相談しようと思っていたのに……

文屋さんがいるとなると、今夜は諦めざるを得ない。

仕方ない……と気持ちを切り替え、仕事に集中する。

文屋さん達のグループは男性五人。皆お酒に強いのか、ひっきりなしに追加オーダーが入るので、定期的に彼らのテーブルに行った。

「ブランデーの水割り、フローズンダイキリ、ル・ロワイヤルです」

フローズンダイキリはラムベース。シャーベット状のカクテルで、ル・ロワイヤルはチョコレートリキュールがベース。飲むチョコレートなんて言われているカクテルだ。

「うおー、美味(うま)そう!! ていうか映(ば)えるな……」

宮地さんの作った絶品カクテルに感動しているお客様にほっこりする。そうなのだ、宮地さんのカクテルは見栄えも味も最高なのです……と、心の中で呟く。

それを見て笑ってる文屋さんはというと、さっきからノンアルコールビールを飲んでいる。量もあまり進んでいない。

――セーブしてるのかな？

それとも、今は小休止中だったりして……などと思いながら、テーブルを離れた。

しかし、テーブルに行くたびに、「文屋の彼女さん!!」と呼ぶのはやめてくれないか。恥ずかしいし、周りのお客さんの反応が怖い。

「若い子は元気だねえ。まさか夏凜ちゃんの仕事が終わるまで、あそこで待ってるつもりなのかな」

「あっ。すみません……本人達に言いましょうか」

もしかして回転のことを気にしてるのかなと、急いで謝る。でも宮地さんが違う違う、とすぐに否定してきた。

「うちは構わないよ。テーブル席も空いてるしね。そうじゃなくて、彼はもしかして夏凜ちゃんが心配だから、あそこで見守ってるのかなって思っちゃって。この前もそうだったしさ」

「や、今日は違うと思いますけど……」

「でも、可愛いじゃない？　会いたいからって、わざわざ彼女の働いてる店に来るなんてさ」

「そ、そう……ですね……」

ここで私が働いているのが、そんなに心配なのだろうか。

――ていうか、文屋さんって心配性なのかな……？

モヤモヤしながらも、接客はしないといけない。ちょうど何度か来店したことのあるお客様がカウンターに座ったので、いつものように対応する。

「夏凛ちゃん久しぶりだねえ。ちょっと見ない間に美人度が増してない？」

「えー、そうですか？　ありがとうございます！」

いきなり社交辞令から始まるこのお客様は、おそらく二十代後半から三十代前半くらいの男性。個人情報を聞いたことはないので、どういう会社でどんな仕事に就いているかなどはまったく知らない。ただ、社交的な方なので、いつもこんな感じで私を構ってくる。

こういうやりとりは、この人に限ったことではないし、アルコールが入っていい気分になったお客様に絡まれるのはしょっちゅうだ。

もう慣れたし、特別なんとも思っていない。でも、そうは思わない若干一名が、離れた場所から刺すような視線をばしばし飛ばしてくる。

――文屋さんがちょー見てる……

頬杖をつき、友人との会話に耳を傾けるフリをして、じっとこっちを見ている。どう見てもその顔が好意的ではないから、悪いことをしてるわけでもないのに心の中で滝のような汗をかく。

「そういや夏凛ちゃん彼氏いないんだっけ？　周りにいい人いないの？」

「あっ、いや。それがですね、最近……か、彼氏ができたんですよ」

隠す必要もないので、はっきり彼氏がいると教えた。

すると、お客様がいきなり姿勢を正し、目を丸くする。

「えっ……!?　夏凛ちゃん彼氏いるの!?　だってこの前までずっと一人でいいって言ってたよね!?」

「そっ、そうなんですけど……いろいろあってですね……って、あの、もうちょっと声を小さくお願いします……」

慌てて口元に人差し指を当て、しー!!　とする。でも、興奮したお客様は落ち着くどころか更にヒートアップしてしまう。

「だって俺、この前夏凛ちゃんのことといいって言ってるヤツに、取り持つよって言っちゃったよ!!　その彼氏って、夏凛ちゃんの人生観変えちゃうくらいいい男なの!?」

「う……うん……？　そ、そういうことになるのかな……？」

すぐ側にその人生観変えちゃうほどのいい男がいるんですけど……

——お願いだから、これ以上刺激しないで……！

しかしそんな私の願いは、まったく届かなかった。

「なんだよ〜〜、マジか……。そいつさー、あ、俺が紹介しようとした男ね？　何度かここに連れてきたことあるけど覚えてないかなあ、初めて見た時に夏凛ちゃんに一目惚れしたらしくて、付き合いたいって何度も俺に言ってきてさあ。だから今夜は、一度でいいからそいつと食事に行ってやってくれないかって、夏凛ちゃんに頼もうと思って……」

「わーっ!!　わーっ!!　ちょ、ちょっと待って!!　もっと声を……」

これ以上はやばすぎる。咄嗟に私はお客様の口の前で、両手の人差し指でバツを作った。

——文屋さんが聞いてるかもしれないのに、なんてことを!!　これじゃあとで何を言われるかわかったもんじゃない。

……って、私は悪くないんだけど!!

「いやでも、夏凛ちゃんさあ～、できれば、あいつを諦めさせるために一度だけ会って断ってやってくれない？　俺が言ったところであいつ納得しないだろうし……」

そんなことを口にするお客様の背後に、人影が近づく。

「彼女と付き合っている男から直接諦めてくれと言えば、その人も諦めてくれますかね？」

カウンターに座るお客様の真後ろから、スッと手が伸びてくる。苛立ったように人差し指でカウンターをコツンと叩いたのは、文屋さんだ。

――やっぱり全部聞かれてた……!!

背中からびしゃびしゃ冷水を浴びせられたようになっている私をよそに、文屋さんがお客様に笑顔を向ける。

声をかけられたお客様はと言うと、一瞬何を言われたのかと、ぽかんとしていた。でも、すぐに私と文屋さんの顔を交互に見て、察したらしい。

「えっ!!　もしかして……彼氏!?　この人？」

「そうです。夏凛がいつもお世話になってます」

私が答える前に、文屋さんが答えてしまう。

「えーっ……そうなの!?　ていうか、彼氏若いな……いくつ？」

「二十六です」

「うお、若っ。おまけにすっごいイケメンじゃん……こりゃ、俺の知り合いは勝ち目ないわ～」

「すみません」

にっこり笑って、大人の対応をする文屋さんに、私は内心ホッとしていた。

「ていうか、なんでここにいるんです？　もしかして夏凛ちゃんに変な男が寄ってこないように見張ってたとか？」

冗談交じりのお客様に、文屋さんがはは、と笑う。

「今夜はたまたまですけど、そうですね……心配なので、定期的に通おうかな。ご存じの通り、彼女は魅力的なので」

「へえ！　愛されてるなあ、夏凛ちゃん！　いい男捕まえてよかったね」

「あ……ありがとうございます……」

ここは喜ぶところなのだろうが、正直、心から喜べない。というのも、文屋さんの真意がわからないからだ。

――これ……絶対あとでなんか言われそう……

その証拠に、さっきから文屋さんが私と目を合わせてくれない。これって、腹を立てている証拠ではないだろうか。

参ったなあ、と思っているうちに、文屋さんは自分の席に戻っていった。それを見届けたカウンターのお客様が、笑顔で小さく首を振る。

「いやあ……あんな男前の彼氏がいたら、他の男なんか目に入んないね。いやいや、失礼いたしました」

「はは……」

こんな会話すら聞かれているかもしれないと思うと、返事すら気を遣う。

そんなこんなで時間が経過し、カウンターのお客様も帰られた。文屋さんはと言うと、すでに仲間のうち数人は店を出ていて、今は彼ともう一人の男性でサシ飲み中だ。

さすがにもうアルコールではなく、サービスで出したお茶を飲んでいるけれど。

「夏凛ちゃんの彼氏、本当に送ってくれるつもりなんだね」

「そ、そうみたいですね……」

「だいぶお客様もはけたし、なんならもう上がっていいよ。彼氏も待ちくたびれてるんじゃない？」

宮地さんの気遣いはありがたいけど、さっきのことがあったせいで、何を言われるのかと、こっちは内心ビクビクである。

「……じゃあ、お言葉に甘えて上がりますね。ありがとうございます……」

それを伝えに、文屋さんのところへ。

「あの。もう上がることになったんで」

声をかけると、文屋さんが「ああ」と言って財布を取り出した。

「じゃあ俺らも出るから。精算してもらっていい？」

「わかった」

精算を済ませてからバックヤードへ行き、着替えを済ませてフロアに戻る。そこには文屋さんと一緒に飲んでいた友人はおらず、彼だけになっていた。

「お友達はもう帰ったの？」

「そう、さっきね」

彼と一緒に店を出て、地下から一階に上がる。

開口一番で何か言われると思っていたけれど、今のところその気配はない。それが逆に何かありそうで、緊張してしまう。

「あのさ」

文屋さんにそう切り出された時、意図せずビクッと肩が跳ねた。

「は、はいっ」

「何その反応……。もうわかってると思うけど、さっきのアレ、何？　どういうこと？」

「ど、どうって……話、聞いてたんでしょ？　あれが全部だよ」

「さっきのお客さんの友達？　夏凛に一目惚れしたっていうのは」

「……正直言って私、その人の顔も覚えてないいし。どの人のことを言ってるのかわからない」

「……こういうこと、今までもあったの？」

文屋さんの声が明らかに不機嫌だ。

「いや、今回みたいなのはない。本当に」

「でも口説かれたことはあるって言ってたよね？」

「だからそれは、お酒の入った勢いっていうか……本気じゃないやつで……」

「でもさっきの人の話は、本気っぽかったけど」

ぴしゃりと言われて、一瞬言葉に詰まった。

「……でも、断ったよ」

駅までの道を並んで歩きながら、はっきり言った。でも、まだ隣からは怒りというか困惑というか、これまでにないオーラが漂ってくる。

「またこういうことがあるかもしれないじゃん。今回は俺が近くにいたから事なきを得たけど、もし会ってくれってごり押しされたら、夏凛だけで断れるの？」

「ちゃんと断るよ、彼氏がいるから無理ですって」

「でも、諦められないって強引に手を掴まれたり、粘られたらどうすんの？」

「それは……、店には常に宮地さんがいるし、最悪近くの人に助けを求めたりとか……」

文屋さんの歩みがピタッと止まる。

「あのさぁ。本気を出した時の男の力を甘く見てないか。軽く振りほどいたくらいじゃ掴んだ手は離れないし、必ずしも近くに人がいるとは限らないだろ。そういうことまでちゃんと考えてる？」

「かっ……考えてるよ！」

「じゃあ、俺みたいに店の外で待ち伏せしてたらどうすんの？」

「そ、それは……」

「埒が明かないな」

チッ、と文屋さんから舌打ちが聞こえてきた。

「夜の仕事してりゃ、今日みたいなことはいくらでも起こるんだよ。だから辞めろって言ってんのに」

頭ごなしに言われて、胸が痛んだ。

同時に、なんで私がこんなことを言われなきゃいけないのかと、腹の底から怒りが湧いてくる。

こっちは別に出会いを求めているわけじゃない。真面目に働いているだけだ。なのに、なんで文句を言われなければならないのか。理不尽だ。

「その気のない誘いはちゃんと断ってるでしょうが！　なのになんでここまで言われなきゃいけないのよ？　ただ働いてるだけでしょ！」

私が本気で言い返したら、さすがに言いすぎたと思ったのか、文屋さんが少し怯んだ。

「それはわかってる。でも、仕事なら他にもあるだろ？　それに昼間も正社員で働いてるんだから、こんな深夜まで働かなくたって……」

「昼の仕事の他にってなったら夜働くしかないじゃない！　それとも何、休日返上で働けっていうの？　こっちは少しでも貯金するために必死だったの。仕方ないじゃない」

「そんなこと言ってない」

「昼の給料だけで貯金ができるなら、最初からダブルワークなんかしてない」

立ち止まったまま、お互いに顔を見て黙り込む。駅前の横断歩道で口論になってしまい、ぽつぽつ駅に向かって歩いている人達の注目を集めている。

「それは、俺と出会う前の話だろ。今は前とは違うんだ、そんなに頑張らなくたって俺がいるだろ!?　生活だって俺と一緒に住めば……」

俺がいる、一緒に住もう、バイトを辞めろ。

会うたびにそんなことを言ってくるけど、文屋さんと付き合い始めてまだ一週間にもならないのだ。これまでの経験上、相手との相性は付き合ってみないとわからない。ましてや一緒に住めるかどうかなんて、しばらく経ってみないと判断できないのに。

もしこれで、私が夜のバイトを辞め、彼の部屋に転がり込んだとしよう。一緒に住んでみて、どうにも相容れない相手の癖や生活スタイルがあった場合、最悪私は彼の部屋を出ることになる。となるとまた一から部屋探しだ。引っ越し費用だって馬鹿にならない。

文屋さんは私に、仕事のことも含めて、真剣に彼との未来を考えろと言った。

だからこそ、そういう事態にならないために、今はまだバイトも辞められないし、一緒に住む決断も下せないでいるのに。

――あんた、自分のことしか考えてないでしょ!? 三十路の独身女をなめんなよ!

「だから、この年になるとそう簡単に他人と住むとか決断できないっつーの!! そんなに女と住みたきゃ、もっと身軽な若い子と住めばいいじゃない!!」

我慢が限界に達して、つい言ってはいけないことまで口走ってしまう。

言われた文屋さんの顔に驚きと、失望らしいものが広がっていくのを目の当たりにし、やってしまったと後悔した。

「あっ。ごめん……」

咄嗟に謝ったけれど、文屋さんは口を真一文字に引き結んだまま、何も言葉を発さない。私から目を逸らし小さくため息をついた。

——もしかしたら、これで終わっちゃうのかな。

そんな不安が脳裏をよぎった。しかし、なぜか突然、文屋さんが私の手首を掴んで、駅に向かって歩き出す。

「ちょっ……ちょっと!!」

強めに掴まれた手は、声をかけたくらいじゃ離れない。このまま駅に突入するのかと思いきや、なぜか文屋さんはロータリーにあるタクシー乗り場に向かった。

まだ電車のある時間だから、並んでいる人はほとんどいない。先頭のタクシーに近づくと後部座席のドアが開いた。

文屋さんが先に乗るのかと思いきや、なぜか彼は私だけを後部座席に押し込んだ。

「○○町まで」

そう言って素早く財布を取り出すと、中から五千円札を取り出し、私の膝の上に放り投げた。

「ちょっ、文屋さん⁉」

しかし彼は、無言のままタクシーから離れた。そして私を見ることなく駅に向かって歩いていってしまう。

「お客さん、出してもいいですか?」

「あっ……は、はい。お願いします……」

真っ直ぐ駅に向かっていった文屋さんは、もう改札内に入ったらしく姿が見えない。

無造作に投げられた五千円札を手にした私は、なんとも言えないモヤモヤを抱えたまま帰路につ
いた。
家に到着しても、入浴を終えても、布団の中に入っても、文屋さんからメッセージは送られてこ
ない。
自分の失言で、彼が気分を害したのは理解している。だけど、じっと連絡を待っている状況に、
だんだん腹が立ってきた。
——なんなのよ……!!　怒ったのはこっちもだっつーの!!
向こうがその気なら結構。もう知らん。
明日は休日。もしかしたら、今夜はこのままどちらかの部屋で一緒に過ごすのかなと思っていた。
想定外に付き合い始めたけど、それもいいかって気持ちになっていたのに、一気にどん底まで突
き落とされた感じだ。
——やっぱり、付き合ったのは失敗だったのかな……
こんなことなら付き合わなきゃよかった。今になってめちゃめちゃ後悔が押し寄せてきて、泣き
そうになって布団を被った。そしてそのまま、眠ってしまったのだった。

翌日。起きたらもう昼だった。
時間を見てぎゃっ、となったけど、よく考えたら今日は約束も何もないのだ。それを思い出して、
もう一度ベッドに倒れ込む。

——そうでした。デートの約束も何もないんでした。

文屋さんと出会う前の休日に戻っただけだ。そう考えると、自然と納得がいく。

「……掃除と洗濯でもしようかな……」

おもむろに起き上がり、まずは朝食兼昼食の準備を始める。冷凍しておいた食パンを焼いて、適当にサラダでも作って……と冷蔵庫を漁っている最中、ピンポーンと呼び鈴が鳴った。

——宅配便かな。

自分宛の荷物は、いつも日曜か、職場で受け取りが可能なものはそっちに届けてもらっている。

「はーい」

念のためドアスコープで外を確認する。てっきり見知った格好の配達員さんがいると思っていたのに、ドアの向こうにいるのは文屋さんで、心臓が飛び出そうになった。

——はっ!? なんでいるの!?

昨夜は無言で帰って、メッセージの一つも寄越さなかったくせに。

そう思ったら、昨日感じた怒りが蘇ってきた。今更なんなんだ、と。

寝起きですっぴんだけど、そんなこと気にならない。無言でドアを開けると、私の表情を見た文屋さんが、息を呑んだ。

「……おはよう」

「……とりあえず、入って」

日曜の昼間から部屋の外で立ち話なんかできない。両隣に丸聞こえだ。

中に入るように促したら、文屋さんは無言のまま部屋に入り、靴を脱いで奥に進んだ。

そして、どかっと部屋の真ん中に座り込むと、私を見上げて口を開いた。

「昨夜のことだけど」

「何？」

私は座らず、立ったまま尋ねた。

「俺は、若い女と一緒に住みたいわけじゃない。夏凜だから一緒に住みたいんだ。それを誤解されると困る」

「……ふーん、そう」

未だ腹の虫が収まらないので、どうしてもそっけない返事になってしまう。

「なんで俺があそこまで怒ったのか、わかってないの」

「……わかってるよ。私が夜のバイトをしてるのが嫌なんでしょ？」

「そうだけど。どうして俺がそこまであのバイトにこだわってるのか、そこんとこちゃんとわかってる？」

「そこんとこって……酔っ払いに口説かれたりするからでしょ？　私だって、自分なりに文屋さんに言われたことを考えてるから。だけど、バイトをすぐに辞めるとかは無理。悪いとは思うけど、今までが本当に何もなかったし、大丈夫だから……」

「今までが大丈夫だったからって、これからも大丈夫なんて、どうして言えんの？」

「だから、心配してくれるのはありがたいし嬉しいけど、夜に働いている女性なんて他にもたくさんいるじゃない！」

　これじゃまた昨夜の繰り返しだ。

　ムッとしていると、なぜか文屋さんが困り顔でため息をつく。

「やっぱりわかってなかった」

「何が……」

「他なんて関係ない！　俺の知らないところで、夏凛がいろんな男に口説かれてるって考えるだけで、たまらないってわかれよ……言わせんな」

「……それは、あの……」

「嫉妬だよ嫉妬!!　とにかく嫌なんだよ、夏凛が他の男に目を付けられたり、昨日みたいに紹介がどうとか、あんなの耐えられないんだよ。だから……」

「……だから、機嫌悪くなったってこと？」

「……そう」

「…………」

　——なんだ……嫉妬か……

　てっきり、こっちの都合も考えず一方的に気持ちを押しつけられているのかと思っていた。彼の態度にイラつくし、腹も立つしで、このままだと付き合えない、やっぱり付き合うこと自体無理だったのかなって軽く落ち込んでいたのに。

　だけど嫉妬してくれるくらい、自分が好かれているとわかって、急に嬉しさが込み上げてきた。

無意識のうちに顔がにやついてくる。

床の上に置かれていた文屋さんの手に、自分の手を重ねた。するとすぐに手を握られる。

「何、嫉妬されるのがそんなに嬉しいの」

「そりゃ、まあ……。だって、それだけ私のことを好きでいてくれてるってことでしょ？　文屋さんは？　私が嫉妬してたらどう思う」

「……いいね」

何やら想像して、勝手に頷いている。

文屋さんの腕をもう片方の手でバシバシ叩く。とりあえず、昨日のモヤモヤはこれでチャラだ。

「痛いんですけど」

叩かれている腕を見て、文屋さんが苦笑する。

「私だって昨日は胸が痛かったんだから我慢して。……夜のバイトのことは、私ももう辞めるつもりで考えてたんだよ……。なのに、文屋さんがムキになるから、私までムキになっちゃったじゃん……。考えを押しつけるのはよくないよ」

「わかってるよ。俺も昨日は興奮しすぎた……反省してる。一晩経って頭が冷えたから、冷静に話し合って誤解を解こうと思って」

文屋さんがばつの悪そうな顔をしながら、気まずそうに髪を掻き上げる。

「それにしたってなんで今日、直接ここに来たの？　電話でよかったのに」

「こういうことは直接顔を見て言わないとだめだと思った。それに、万が一夏凛がやっぱり付き合えないとか言い出すんじゃないかと思って、いてもたってもいられなくなった。だから、夏凛が起きる時間を見計らってすっとんで来たんだ」

やっぱり付き合うんじゃなかったな、とは思った。でもこれを言ったら、絶対また面倒くさくなりそうだから言わないでおく。

「よくわかったね……。おかげで、すっぴんを晒してるわけだけど」

すっぴんと聞いて、文屋さんがじっと顔を見てくる。まるで穴があきそうなほどの強い視線に、思わず目を逸らした。

「全然いいじゃん。可愛いよ」

「……ありがと……」

くすぐったさを感じながら、お礼を言う。その瞬間、ぐいっと腕を引かれ彼の胸に飛び込む格好になった。

「別れたいとか思ってないよな？」

「……いやあ……ちょっと早まったかなとか、付き合ったことを後悔しそうにはなったけど。でも、私から別れを切り出そうとは思わなかったよ」

「言っとくけど、俺は別れないから」

きっぱり言われて、文屋さんを見る。

「夏凛の考えは尊重するけど、俺、夏凛に接する全ての男に嫉妬すると思う。だから、夏凛があのバーで働いている間は、夏凛が他の男によそ見できないように通うつもりだから」

胸がキュッとなる。

束縛に近い重い発言は、以前の私なら相手に不信感を抱いたと思う。でも今の私は、彼からの束縛が嬉しいし、なんだか気持ちいい。

「好きにしたらいいよ。と言っても、あの店で働くのもあと僅かだと思うけど。……心配かけたくないから、なるべく早く辞めるつもり」

「じゃあ、引っ越しもちゃんと考えてくれる？」

「……うん……」

私が抱きしめ返したら、ポンポン、と背中を優しく叩かれる。

――昨夜はどん底だったのに……。文屋さんの行動力と発言で、すっかり復活しちゃったな。

我ながらゲンキンだなと自覚しつつ、彼の事を好きになってしまったのだから仕方ない、と受け入れた。

「それにしても、勿体ないことをしたな」

「何が？」

彼の胸に抱きついたまま、下から見上げる。意外にも文屋さんの顔が近いところにあって、驚くと同時にチュッと軽いキスをされた。

「今日は夏凛が休みだから、昨夜は俺の部屋に連れ込んで一晩中楽しもうと思ってたのに」

穏やかでない呟きに、こっちがギョッとする。

「連れ込んでとか、言い方がよろしくない……。それにこっちは仕事で疲れてるんだから、一晩中なんて体がもちません」

「いや、何も一晩中抱き合うとかじゃなくて、個人的に楽しむって言うか……俺、夏凛の寝顔を見るの結構好きだったりするからさ。可愛いんだぜ、夏凛の寝顔。子どもみたいで」

「こ、子ども……!?」

「そう。でも、たまに微動だにしない時があるから、そういう時は、頬を引っ張ったりして反応を確認したりする」

「ちょ……ちょっと……人が寝てる間に、何してくれてるのよ……」

とても昨夜あんな別れ方をした二人とは思えないくらい、くだらないことを話しては笑う。

あんなに悩んだのが嘘のようだった。

彼に抱きついたままキスをしたり、いちゃいちゃすること三十分くらい。起きてから何も食べていない私は、いい加減空腹に耐えきれなくなり立ち上がった。

「お腹空いたし、なんか食べようかな……。文屋さんは何か食べた?」

そう言いながら、冷蔵庫の前に移動してドアを開ける。

「もしかして今から朝食?」

「そう。オムレツでも作るかな……文屋さんは？　いる？」

「いる」

二つ返事で答えがあった。

「オッケー。じゃ、座って待ってて」

と言った側から、なぜか文屋さんが私の近くにやってきた。

「座って待っててと言ったのに……」

「手伝うよ」

文屋さんが私の後ろに回り、腰に腕を巻き付けてきた。

「いやあの、この状態で何を手伝うの？」

「卵の行く末を見守るとか」

「ちょっと意味がわかんないね」

結局、調理中も彼が私から離れることはなかった。その後、できあがったオムレツとサラダ、お湯を注ぐだけのスープとトーストを、一緒に食べた。

食後は、特別遠出することもなく、食料品の買い出しに行って、一緒に夕飯を食べて、それなりに楽しい休日を過ごした。もちろん、セックスもした。

「じゃーね」

そうして彼は、夜九時前に手を振りながら私の部屋を出て行った。

なんだかんだあったけど、充実した一日になった。それと同時に、文屋さんに対する気持ちが一気に進んだ。

「……よかった……」

文屋さんが帰ったあと、気が抜けてベッドに倒れ込んだ。

別れることにならなくて本当によかった。あの人でよかった。

そんなことを思いながら、たった今帰ったばかりの恋人を思い出し、一人でニヤニヤした。

## 五

文屋さんとも話し合い、夜のバイトは近いうちに辞めることにした。

続けたい気持ちもあるけれど、出勤のたびに男に口説かれていないか確認しに来られたり、嫉妬した文屋さんと喧嘩になったりするのは私も困る。メンタルをやられてまで、夜のバイトに固執(こしゅう)するのもどうかと思えるようになった。

というわけで、宮地さんにバイトを辞めると切り出したら、とても悲しそうな顔をされた。

そんな顔をされるとこっちも辛くなる。とりあえず、すみません!! と平謝りした。

「そうか……。でも、彼の気持ちもわかるからねえ……。夏凛ちゃん、結構男性に好かれやすいというか……、まあ、それだけ接客がフレンドリーで感じがいいってことなんだけどね？ 実は俺も、カウンターで夏凛ちゃんが口説かれてる時はいつもヒヤヒヤしてたんだよねえ……」

「えっ。そうだったんですか!? 全然気が付きませんでした……」

「まあね、なるべく思ってることを顔に出さないようにしてるし。本当はいつも、どのタイミングで割って入ろうか悩んでたんだよ……」

――宮地さん、何があっても微笑みを絶やさない人だけど、そんな風に思ってくれてたなんて……

「ありがとうございます……。本当は、私がもっとお客様と上手に距離を取れたらよかったんですけど……」

「いや、こういう店でそれは難しいよ。カウンター内なんか声をかけられたら逃げられないしね。それに、そういう気さくな夏凛ちゃんに会いたくて来てくれてる人もいるわけだしね？　こちらとしては、いつもありがとうって感じなんだけど……」

宮地さんの顔がわかりやすく曇った。

「でも、仕方ないね。彼氏さんとの仲が悪くなったら、困るのは夏凛ちゃんだし。僕は、夏凛ちゃんが悲しむことは避けたいからさ～」

優しい宮地さんに、こっちが申し訳なくなってしまう。

「ありがとうございます……！　今月は、まだ働かせてもらいますので！　あと、もしどうしても手が足りない時は呼んでください。ヘルプで入りますから」

「えー、いいの？　助かるよ～!!」

本気で喜んでいる様子の宮地さんにほっとする。

ヘルプの件に関しては、事前に文屋さんとも話し合い、許可を得ている。

『……ヘルプか。まあ、それなら……常にその店にいるってわけじゃないし』

彼もそう言っていたし、問題ないだろう。

夜のバイトに関しては、結局こんな感じで丸く収まった。これからは、文屋さんとの未来を真剣に考えていこうと思っていたのだが、そうは簡単にいかなかったのである。

今月いっぱいでバイトを辞めると決め、バイトに入る日を以前より少し減らした。空いた時間で文屋さんと会ったり、彼の部屋に行ったりして、同棲はしていないものの、互いの家で過ごすことが増えた。

恋人として彼と一緒に過ごしていると、これまで知らなかった彼の姿が見えてくる。

仕事のできる人だと聞き知ってはいたけれど、彼は生活面においてもなんでもできるスパダリだった。

お菓子作りが得意なだけでなく、料理も作れる。それに几帳面で、部屋の片付けも上手い。隙間を上手に活用した収納方法に、私の目から鱗が落ちっぱなしだった。

そして極めつけは優しくてベッドでは強引な床上手。はっきり言って欠点などどこにも見当たらない。自分が思っていた数倍はいい男だった。

そして何より、文屋さんは顔がいい。

そんな顔の良さに惹かれた女性が、寄ってこないはずがなかった。

私がそれに気が付いたのは、バイト帰りに彼の部屋に行った時のことだった。

【今日はおつかれさまでした☆　ぜひぜひ今度誘ってください。待ってます】

私がリビングのソファーにどかりと腰を下ろした時、反動でソファーに置いてあった彼のバッグが倒れてしまった。たまたまファスナーが開いていたせいで、中に入っていた書類が少しだけバッグから顔を出す。それに紛れて出てきた名刺大のカードに、手書きで記されていたのがさっきの一文だ。

「……何これ」

手に取ってまじまじとカードを見つめる。裏返したら、しっかり企業名と名前が書かれている名刺だった。

大方、文屋さんの取引先の人だろうけれど、大胆なことをするものだ。

「何見てんの？」

キッチンでコーヒーを淹れていた文屋さんが戻ってきた。私が持っているものをちらっと見ても、まったく慌てる様子がない。

もしやこの名刺の存在に気が付いていないのだろうか。

「これ。文屋さんのバッグから出てきたんだけど」

そう言って彼に名刺を見せた瞬間、彼が「あ？」と眉をひそめた。どうやら本当に気が付いていなかったらしい。

「何だそれ」

「こっちが聞きたいんだけど」

コーヒーをテーブルに置いた文屋さんに、ほら、と名刺を渡す。名前と企業名を見たあと、名刺を裏返した彼の表情が歪んだ。

「……こんなもん、俺の許可なしにいつバッグに入れやがった」

「私に聞かないでよ……。文屋さんの目を盗んでとか？　バッグを置いたまま席を外したりしなかった？」

文屋さんが一瞬考える仕草を見せ、何かに気が付いたとばかりに口をあんぐり開けた。

「トイレ行ったわ。まさか、その時か!?」

「かもね。でも、大胆なことするね。若い子？」

彼が私の隣に腰を下ろす。

「若い……と思う。何歳かは興味ないから知らない。企業名のロゴを依頼されて何度か打ち合わせしてて、今日も行ってきたんだけど……まさかこんなことをするとは思わなかった」

「あはは。でも、すごいな。私だったらできないよ。勇気ある」

感心している私に、文屋さんが怪訝そうな顔をする。

「ていうかさ……夏凜、なんでそんなに余裕なの。普通、彼女って、彼氏のこういうの見たら怒るもんじゃないの？」

「……そうかな。まあ、これでもし文屋さんが、これを見てウキウキしてるようなら怒るかもしれないけど、これくらいは……許容範囲かな」

「ウキウキとか、絶対ねえし」

嫌そうに吐き捨てる彼に、こっちが苦笑する。

私がこうしてのんびりしていられるのは、文屋さんが私以外の女性に対してかなり塩対応だからだ。そうじゃなかったら、私だってやきもきしてるはず。

「まあまあ。っていうか、モテるのは仕方がないかなって思うんだよ。だって文屋さん、顔もいいから。目の前にこの顔があるのに、気にするなと言う方が難しいのでは？」

　ものすごく褒めてるのに、なぜか彼の表情が曇る。

「それはどういう風に受け取ればいいんだ……？　顔がいいと言われるのはいいことなんだろうけど、顔しか取り柄がないようにも聞こえるんだけど」

「いやいや、褒めてるから！　それに私、顔もって言ったでしょ」

　そう言うと、彼はまんざらでもなさそうな顔をする。

「でも、文屋さんって性格がちょっと……ねえ？」

　冗談っぽく笑いながら声を潜めたら、隣から手が飛んできて、私の顎を指で掴んだ。

「性格がちょっと、なんだって？」

「いえ……なんでもないです……。とにかく、こんな名刺一枚もらっただけでいちいち焼きもちやいてたら、モテ男の彼女なんか務まらないってことですよ」

「強引に話を終わらせたな……。まあ、夏凛の機嫌が悪くならないならいいんだけど。もちろん、ここに連絡することはないから安心して」

「……わかった」

　まあ、そもそも心配なんかしてないんだけど。

　文屋さんの性格上、私に疑われそうな行動はしないだろう。そして私も、付き合い始めて間もないのに、浮気するような男となんか最初から付き合わない。

この人はそういうことをしないと思ったから、結婚もアリかと思えたわけで。

――彼のことは心配してない。でも、気になるのは相手の方だよね。果たしてどこまで文屋さんを好きなのか、という……

「文屋さんは、この女性に何か好かれるようなことをしたの？」

ソファーの背もたれに寄りかかっている彼に尋ねる。言われてもすぐに思い当たることが浮かんでこないらしく、文屋さんはしばらく考え込んでいた。

「……特別何かをした覚えはないんだけど……俺、プライベートや職場と違って仕事先ではわりと外面がいいから、それが原因かも」

「う、うん……？　仕事先で外面がいいのは普通っていうか、その方が印象も良くなるしね。でも、それだけで惚れられるって、ある意味すごいね」

彼が目を細めて、軽く首を振った。

「すごくないよ。外面を良くしても、夏凛はすぐに落ちなかったし」

「私は別の理由があったからだよ。……だけど、その彼女が本気じゃないといいね」

私が懸念するのはその一点のみだ。

「んー、まあ、なんとかするよ。婚約者がいるって言っておけば大丈夫だろ」

「それもそうか……。相手がいるのにガツガツくる人じゃなければいいけど」

まさかね。と思いながらこの話を終えた。

彼はこの件を、大したことだと思っていないようだったから、私もきっと大丈夫だろうと、あまり気には留めなかった。

しかし、この件はこれで終わりではなかった。

週が明けて、昼の仕事のあと、夜のバイトを終えてアパートに戻ると、ドアの横に長い足を投げ出して座っている人がいて、心臓が跳ねた。

——ぎゃっ‼　だ、誰……

スーツに包まれた足を見ると、男性だとわかる。

なかなかこういう場面に遭遇しないので、ビクビクしながら近づく。よく見たら文屋さんで、めちゃくちゃホッとした。

向こうも私に気が付いたのか、顔を上げてにこっと笑う。

「おかえり。変な男に声はかけられなかった？」

「ないわよもう……それより、こんなところで何やってんの。来るなら来るって言ってよ」

部屋の鍵を開けて、彼に入るよう促す。

「明日も仕事だから、あんまりゆっくりはできないけど。それでもいい？」

「もちろん。ちょっと話したいことがあって寄っただけだから。終わったら帰るよ」

「……そう？　わかった」

——ていうか、こんな時間にメッセージじゃなくて直接話したいことってなんだ？

それが気になって、部屋の中に入るとすぐにアウターを脱ぎながら彼に話しかけた。

「で？　何があったの？」

部屋の中央まで移動した文屋さんが、ぺたんとその場に座り込んだ。

「あのさ、この前バッグに名刺入れられてたじゃん」

「あー、うん」

「その人さ、取引先の社長の娘だったわ」

「…………はい？」

せめて何か飲み物を、と冷蔵庫の前に移動したところで耳にした「社長の娘」という単語に、無意識のうちに振り返っていた。

「名刺入れた子、取引先の社長の娘だったんだよ。だから、最初思ってたより邪険にするのが難しくなった」

——邪険にするつもりだったのか。

思わず突っ込みを入れたくなったけど、やめておく。

「そう……。じゃあ、どうするの？」

「どうするも何も、俺には夏凜がいるんだから関係ない。もし何かあっても、ちゃんと言う」

「それならいいんじゃないの？」

「取引先の人にその社長の娘がどんなヤツか聞いたら、典型的なお嬢様で、かなりのわがままなんだと。だから、もしかしたらごねられるかもしれないけど、俺の気持ちは何があっても変わらない……ってことを言いに来ただけ」

ちらりと反応を窺ってくる文屋さんに、思わず顔が緩む。

それを言うために、わざわざ仕事帰りに、こんな遅い時間まで私を待っていてくれたのかな。

——もう……本当にいい男なんだから……

ゆっくり話す時間などない。いつもなら一時間後にはもう布団に入っている。でも、部屋の真ん中にぺたんと座って申し訳なさそうな顔をしているこの男への愛しさが、溢れ出てしまう。

「……じゃあ、時間がないから手短に」

「え？」

文屋さんの前に滑り込むように座り、彼の顔を両手で挟む。挟まれた瞬間、びっくりしたように目を丸くした文屋さんにくすっとしつつ、勢いよく唇を押しつけた。

「んん⁉」

驚きの声を上げる文屋さんに、心の中でしたり顔をする。

しかし、すぐに離れるつもりだったのに、文屋さんの手が腰と後頭部に添えられ、本格的なキスが始まってしまう。

強引に唇を割り、舌が入ってきた。やや乱暴に肉厚な舌で口腔(こうこう)内を犯されて、だんだん頭がぼうっとしてくる。

「……っ、まっ……」

このままだとキスだけじゃ済まなくなる。それがわかるから、文屋さんの胸を手で叩いて終わりを訴える。でも、彼がそれを聞き入れてくれる気配はない。

——ちょっ……ちょっと……!!　だめだってほんとに!!　し……したくなっちゃうからっ!!

「～～～っ、もう、だめっ‼　終わり‼」

文屋さんの胸元を強く押して、強引にキスを終わらせた。すると、まだ私の腰から手を離さない彼の顔は、わかりやすく不満そうだった。

「なんで……？　ここからがいいところだろ。このままベッドに移動するつもりだったのに」

「待て待て待て‼　私もあなたも明日はお仕事‼　時刻はもう深夜‼　そんなことしてる場合じゃないのです、さっさと風呂に入って寝なくては」

「………じゃあ、我慢するから泊まっていい？　それなら許してくれる？」

「え」

まるで帰ってこない主人を待つ犬のような、悲しげな表情。そんな顔をされてだめと言えるほど、私も鬼じゃなかった。

「……しょうがないな、いいよ。この前下着買っておいたし……。あと仕事用のシャツも」

実は、もしかしたらこういうこともあるかもしれないと、ネットで購入しておいたのだ。我ながら用意がいい。

「やった」

私の許可が出た途端、文屋さんがジャケットを脱ぎ、いそいそとネクタイを外し始めた。

「もう……もしかして、最初からこれが狙いだったんじゃないの？」

「いいや、最初はちゃんと帰るつもりだったよ。でも、夏凛からあんなに情熱的なキスをされたら、それに応えないといけないなって……。ほら、恋人としての義務感ってやつ？　俺、真面目だから」

ドヤ顔で言われて、はいはい……と苦笑いした。

「わかったわかった。じゃあ、先にシャワー浴びてきて。それともなんか食べる？」

「飯は食ったから平気。じゃあ、お言葉に甘えてシャワーしてくる」

立ち上がって私から下着とタオルを受け取ると、何を思ったのか私の首筋にがぶっと噛みついてきた。もちろん本気じゃなくて、甘噛みだけど。

「いやっ⁉　何‼」

「美味そうだったんで」

ふっ、と笑いながらバスルームに消えていく文屋さんに、頭を抱えた。

――だから今夜はイチャイチャできないって言ってるのに……‼　こんなことされたら決意が揺らぐでしょうがっ。

睡眠時間を取るか、それとも恋人との甘い時間を取るか。このあと二人でシングルベッドに入ったあとも、非常に悩ましい夜を過ごす羽目になったのだった。


文屋さんに好意を寄せる取引先の社長令嬢がいる。

こんな話を職場でしたら、まず富樫さんが我がことのように心配してくれた。

「えっ……。大丈夫なんですか、それ。なんかよくドラマとかで見るやつですね」

開店前のバックヤードで、入荷した雑貨の検品をしながら、そうなのよと頷く。

新しく扱うことになったのは、個人で活動するアクセサリー作家さんの商品だ。天然石を使用したピアスやバングル、ネックレスはどれも一点物。オーダーすれば同じものを作ってもらえるけれど、一つ一つ微妙な違いがあるので、それはそれで楽しみがある。

新しく扱う商品に値付けをする作業はこちらも楽しいしわくわくする。でも今は、話の内容が私と文屋さんのことなので、意識がそっちに持っていかれがちだ。

「うーん……でも、恋人がいるって言えば普通は諦めるでしょ。だから、あんまり気にはしてないんだけどね」

普通の神経なら、すでに相手のいる人を奪おうとか思わない。普通ならね？

「まあ、そうですねえ。それに彼氏さん、めちゃくちゃ頑張って蔦さんをゲットしたんですよね？　そんな人がすぐに別の人に乗り換えたりなんてしませんよ」

富樫さんには、店に客として来たことのある文屋さんと、お付き合いすることになったと報告済みである。

ある程度は予想していたけれど、店員と客として出会った私と文屋さんが、どういう経緯を経て交際を始めたのか、馴れ初(そ)めが気になったらしく、根掘り葉掘り聞かれた。

その結果、付き合うに至った経緯をほぼ全て話すことになり、今に至っている。

「だ、だと思うんだけど……」

めちゃくちゃ頑張ってゲットされた方としては、うんそうね！　と肯定するのも憚(はばか)られる。

苦笑いしていたら、コツコツと革靴の足音が聞こえてきた。

「なんか楽しそうな話してるねえ～」

オーナーである。

「残念ですけど、楽しい話ではないです……」

「だね。ちょっと聞こえちゃった。蔦さん、ライバル出てきちゃったって？」

「しっかり聞こえてるじゃないですか！　……そうみたいですけど、そんなに気にはしていないんですよ」

言いながら手を止めずに仕事をしていると、私のすぐ横にオーナーが座った。入荷した商品をすっと手に取って眺めている。

「大人の余裕かな？　でも、本当は、気になってるんじゃないの？」

「ええ？　そんなことは……」

「その相手って、若い子なの？」

「多分。彼は興味がないから知らないって言ってましたけど、彼から見て若いならそうなんだと思います」

ほほう、とオーナーが唸る。

「若い子は良くも悪くも勢いがあるからねえ……。蔦さん、あんまり余裕かましてると取られちゃうかもよ？」

「えっ……!!　ちょっと、そういうこと言わないでくださいよ！　急に心配になっちゃうじゃないですか」

すると、オーナーがにっこりと笑いながら、持っていた商品を私に手渡す。

「ちょっとは気にしておいた方がいいよ。やっと見つけたいい人を、取られてから後悔しても遅いでしょ？」

そう言い残し、立ち上がって店に行ってしまった。

その後ろ姿を見送って呆然としていると、ふいに肩をぽん、と叩かれる。富樫さんだ。

「オーナーにしては珍しいですけど、アドバイスのつもりじゃないですか？」

「余裕かますなって？」

「余裕……というか、蔦さん、これまでずっと今後は恋愛しないってスタンスだったじゃないですか。でも、ここへきて恋愛してもいいと思えるような人が現れたわけでしょ。だからオーナーとしては、そういう相手のことを大事にしてあげてって言いたかったんじゃないかと思うの」

私だって別に、文屋さんのことを大事にしていないわけじゃない。

ただ今回のことは、私の知らないところで起きてるから、全てを相手に任せてるだけなんだけど。

検品を終えた商品の入った段ボールを持って、店に移動する。手の塞がった私のために、富樫さんがドアを開けてくれた。

「彼氏さんが解決してくれればいいですね。ほら、女性って結構、好きな男性じゃなくて相手の女性の方に矛先(ほこさき)向ける人がいるじゃないですか」

「確かに。理不尽にこっちに矛先(ほこさき)向けられてもねえ……」

文屋さんのことを気に入っている人が、直接私に別れろと言ってくるパターンか。

私は経験がないけれど、周りでそういった話がなかったわけではない。聞いた時は、怖っ、と思ったし、そんな理不尽な目に遭うのは絶対に嫌だと震えたっけ。

――大体、私が相手を諦めたからって、相手……この場合は文屋さんだけど、の気持ちがその女性に向くとは限らないのに。

「絶対やだわ、そんなの」

はっきり言って、無意味な喧嘩をふっかけて事態をより面倒くさくしているだけだ。

富樫さんに大きく頷かれながら、私は店の棚に商品の陳列を始めた。


いろいろあったが、バーのバイト期間も残り僅（わず）かとなった。

「あーあ、夏凛ちゃんが来てくれるのもあと少しか。寂しくなるな」

「すみません。……私も寂しいです」

宮地さんとお仕事できなくなるのも寂しいけれど、ここで食べる賄（まかな）いのパスタやサンドイッチが食べられなくなるのも心残りだったりする。

宮地さんの作るナポリタンが絶品で、どうしても自分じゃあの味を再現できないのだ。

『コツは、ちょっと醤油を垂らすことだよ』

以前教えてもらった通りにやるけれど、火加減だったり微妙な味付けの差だったりで、宮地さんの味にはならない。

「悔しいな。ここにいる間にあのナポリタンをマスターしようと思ってたのに」

「はは。食べたくなったら会いに来てよ～」

まだ客がまばらの店内で、こんなことを話していたら店のドアが開いた。見ると、入ってきたのはオーナーだった。

「やー。蔦さん、お疲れ」

「オーナー、珍しいですね」

「ちょうどそこで、知り合いと飯食っててさ。久しぶりに宮地さんのカクテル飲みたくなって」

カウンターの端っこに腰を下ろしたオーナーに、宮地さんが挨拶しながら水を出す。

「子安さん、相変わらず若いですねえ」

オーナーのフルネームは、子安和友と言う。

「姉さんはあんまり来てないの？」

「たまに顔を出す程度ですね」

宮地さんが笑う。

オーナーと宮地さんが和やかに会話をする中、私はホールに出て使用後のテーブルを片付ける。

その時、店のドアが開いてお客様が入ってきた。

「いらっしゃいませ」

声をかけつつそちらを見れば、入ってきたのは文屋さんだった。

——もう、また来るし。

今朝別れたばかりじゃないか……!!　という思いを込めて、文屋さんをじとっと見つめる。

私の考えが読めたのか、彼が口をキュッと引き結んだ。

「そんな顔するなって。好きな人に会いたくなるのは自然なことだろ？」

「そうだけど。でも、毎日のように会いに来なくていいから……」

出入り口の近くで話してから、くるっと振り返る。すると、カウンターにいるオーナーがこっちを見てニコニコしているのが目に入って、ビクッとなった。

「あっ、オ、オーナー……」

「もしかしてそちら、蔦さんの彼氏？　紹介してほしいなあ〜」

――うっ……。これ、絶対紹介しないとだめなやつだ……

すごくいい笑顔のオーナーから出ている圧に負けて、文屋さんにチラッと視線を送る。

「あの……こちら、私が昼間勤務する店のオーナーで子安さん。オーナー、こちら私が今交際している文屋才門さんです」

私がそれぞれを紹介すると、まずはオーナーが反応した。

「どうも〜、初めまして。子安と言います」

椅子から立ち上がり、胸ポケットから名刺入れを取り出したオーナーが、中から一枚、文屋さんに差し出した。それを受け取って、文屋さんも同じように名刺をオーナーに差し出し、名刺を交換した。

「おっ、プロダクトデザイナーなんですね。それもこの会社。やり手だなあ」

「いえ、そんなことは。まだまだ勉強中の身です」

文屋さんはオーナーの名刺をちらっと確認すると、それをカウンターに置き、椅子に座った。

オーナーと文屋さんが椅子を一つ置いて隣同士になる。別に不安になるようなことは何もないはずなのに、なぜか笑顔のオーナーに対して文屋さんの表情が硬い。

――なんで……？ ここへ来てから機嫌損ねるようなこと、あった……？

密かにソワソワしていると、文屋さんが子安オーナーに話しかけた。

「実は、僕と彼女の出会いはあの店なんですよ。あの店がなかったら、僕達はこうして付き合うこともなかったかもしれない。だからオーナーさんには感謝してます」

――ぼ、僕……!?

文屋さんが自分のことを僕と言うのを初めて聞いた気がする。

私がカウンター内で目を丸くしていると、気を良くしたオーナーが身を乗り出してくる。

「そうだってね～。よかったら経緯を聞いてもいい？」

笑顔で頷いた文屋さんが、丁寧に出会った日のことを説明する。

「……母へのプレゼントを何にするか困り果ててた僕を助けてくれたのが彼女でした。めちゃくちゃ好みで、なんならまた店に行こうか考えていたところ、偶然この店で再会したんですよ。もう運命感じて、恋に落ちちゃいますよね」

「へえ……そんなことがねえ。そりゃ俺でもそう思っちゃうかもねえ」

うんうんと同意しているオーナーをよそに、文屋さんにメニューを差し出す。

「なんにする？」

聞いたら、なぜか文屋さんの目が泳いだ。

「あー……今日は、酒はいいかな。ノンアルコールビールで」

「……もしかして、今夜も私を送ってくれるつもりでいる？」

「うん。お泊まりグッズはちゃんと用意してきた」

「送るっていうか、しっかり泊まるつもりじゃない……」

この会話もしっかり聞かれていて、オーナーにクスクス笑われた。

「いいなあ、仲が良くて。羨ましいねえ」

グラスを傾けながらカクテルを飲む。オーナーが飲んでいるのは、ブランデーベースのバナナ・ブリスという、完熟したバナナの甘みを感じるカクテルだ。同じように、成熟した大人の色気を醸し出すオーナーは、初見の女性なら間違いなくその色気に参ってしまうだろう。

——まあ、私はもう慣れたから大丈夫だけど。

そんなことを考えながらオーナーから文屋さんに視線を移すと、なぜかこっちを見ていた文屋さんとバチッと視線がぶつかった。

「ん？　何？　やっぱり違うのにする？」

「……いや、そのままでいい」

何か言いたげな文屋さんが気になるけど、今は勤務中なので聞けない。

——なんかモヤモヤするなー……。もしかして、例の女性と何かあった？

ハッとして文屋さんを見つめる。

「……どうかした？」

宮地さんが文屋さんの前にノンアルコールビールのグラスを置くのを目で追いながら、気になるあまり思っていたことを尋ねてしまう。

「もしかして、例の件でなんかあったの？」

すると、文屋さんだけでなく、オーナーまで視線をこっちに送ってくる。

「何もないよ。どうしてそう思うの」

「だって……なんか、様子がおかしいから」

「おかしくない。至って普通です」

そう言って、何食わぬ顔でグラスビールを一口。でも、私にはわかる。

「いーや。絶対何かあるよね？　例の件じゃないなら、会社で嫌なことでもあった？　話してスッキリするなら話しちゃえば？　今なら聞いてくれる人もたくさんいるし……」

心配して言っているのに、文屋さんが嫌そうに眉をひそめる。

「そうじゃないって。たとえそうだったとしても、こんなところで話せるわけないだろうが」

「そう？　うちのオーナー経験豊富だから、いいアドバイスがもらえるかなって、思ったんだけど……」

ちらっとオーナーを見れば、まんざらでもない顔をしている。

「そうね、俺、経験だけはあるからね！　なんでも聞いて？」

明るいオーナーのノリに、文屋さんが困惑気味に笑う。

「いや、そうじゃなくって……。あーもう‼　夏凛、鈍すぎる……」

　頭を抱えてカウンターに突っ伏した文屋さんを前に、きょとんとする。そんな私に、オーナーがふふふ、と微笑みかけた。

「大丈夫だよ、彼氏さん。俺、蔦さんには手を出さないから。なんてったって、彼女はうちの店にはなくてはならない人だからね。もし辞めるなんて言われたら、俺泣いちゃうよ」

　いきなり意味のわからないことを言い出したオーナーに、更にきょとんとする。

「オーナー、何言ってるんですか。私に手を出すとか、ありえませんよ」

「うん。俺もそう思うんだけど、多分彼氏さんは俺が君の近くにいるのを不安がってるみたいだからさ」

「は？　不安がる……？　文屋さんが⁇　そんなことあるわけないよね？」

　ね？　と同意を求めて文屋さんを見れば、カウンターに肘を突いた彼が、ものすごくぶすったれた顔をしていた。

　――もしかして、当たりなの⁉

「ちょ……ちょっと、文屋さん？　もしかして本当に……」

「……ていうかさ、オーナーがこんな人だなんて夏凛、一言も言ってなかっただろ？　オーナー、やばいぐらい色気あるじゃん‼　びっくりしたわ、マジで」

　やばいぐらい色気、の辺りでオーナーが嬉しそうに頬を緩ませている。

　それを目の端で捉えながら、呆れた顔で文屋さんを見る。

「いや……私、あそこで働いて結構経つから、オーナーの色気にはもう慣れてる」

「慣れんの⁉　この色気に⁉　嘘だろ……」

文屋さんが愕然としている。

「でも本当に、私とか他のスタッフの前では、娘命の普通のおじさんだし……」

「えー……間違ってないけど、『普通のおじさん』はちょっと傷つくなぁ……せめてイケオジとかさ、他の表現でお願いしたいかも……」

私達の横でオーナーが少し悲しそうにしてるけど、今は文屋さんのフォローが最優先だ。

カウンターに頬杖をついている彼は、何度か私とオーナーを見比べてから、諦めたようにため息をつく。

「……だったらまあ……安心、なのかなあ……」

「そうそう。俺のことは気にせず、安心して蔦さんと仲良くして！　それにねえ、俺はもう結婚する気がないんで、今更恋愛するつもりもないんだよね」

グラスを傾けながら、オーナーが零した何気ない一言に、私も文屋さんも素早く反応した。

「「そうなんですか？」」

見事にハモった。

「うん。再婚なんかして家族が増えちゃうと、相続がややこしくなるし。ただでさえうちは祖父の代とか父の代が相続で揉めに揉めたから、面倒事は極力避けたいんだよね」

事情を知らない文屋さんが「？」という顔をしているので、オーナーは資産家一族だから、と簡単に説明をした。それを聞いた文屋さんが合点がいったように頷く。

「ああ、なるほど。それはわかります。うちも祖父が亡くなったあと、父の兄弟の間で一悶着あったらしいですから」

初めて聞く話に、無意識のうちに「えっ」と、声が出ていた。

「そうなの？」

「うん。うちのじいさんやり手でさ。市街地に自社ビルいくつか持ってたりしたの。それを巡って俺の父を除いた他の兄弟姉妹五人で熾烈な取り合いになったらしいよ」

「……なんで文屋さんのお父さんは参加してないの？」

「もうじゅうぶんな資産を持ってるから。父は次男だけど、俺と同じように美大出て、今画家やってんだよね」

画家、という単語に、オーナーのアンテナが反応したようだ。

「画家……？　彼氏さんのお父さん、なんて名前……？」

「文屋元です」

それを聞いたオーナーが真顔になり、急にガタッ、と椅子から立ち上がった。

「彼氏さん……いや、文屋さん。ぜひお父様に会わせていただきたい！」

急変したオーナーの態度に、どういうことかと目を丸くしたまま文屋さんを見る。そんな私に、文屋さんが苦笑した。

「俺の父親、日本画家としてはちょっとした有名人なんだよ。海外で個展とかやっちゃう程度には」

「……はっ⁉」

またもや初出の情報に呆気に取られてしまう。

私が驚いている間に、オーナーが文屋さんの隣の席に移動した。

「よかったら私の持ってるギャラリーで個展とか……いや、うちなんか小さくてだめか……。それか、個人的にも文屋先生の絵に興味があるので、ぜひ購入をお願いしたいのですが……」

「でしたら、個展の案内を送るように伝えておきます。連絡先をお伺いしても？」

「もちろんです。あ、じゃあさっきの名刺に自宅の住所を記しておきますので……」

目の前でビジネストークが始まってしまい、私が口を挟む隙がなくなった。

それにしても、この短時間に文屋さんの家族のことがいろいろ知れるなんて。こんなこともあるのね。

最初、オーナーの存在を気にしていた文屋さんだけど、ビジネスで話が合ったせいか、帰る頃にはすっかり打ち解けていた。

「意外と早く機嫌直ったね？」

店を出て駅までの道を一緒に歩きながら、文屋さんの顔を覗き込む。

彼は少々気まずそうだった。

「……まあね。外見は色気ムンムンのイケオジだけど、中身は気さくな人だったし」

「あはは。そうなんだよ、私も最初はあのイケオジぶりに驚いたけど、すっごくフランクに接してくれるし、セクハラに近い言動は皆無(かいむ)だし。いい人なんだよ」

「ふうん……なるほどね。あれだけイケオジならモテそうなのに、結婚も恋愛もしないなんて勿体ない気もするけど」

「後腐れのない遊びはしてるみたいだけどね。遊びって言っても、一緒にご飯食べるとか飲みに行く程度だって本人は言ってる」

以前は知り合いのクラブで飲んだりしていたらしい。でも、そこの女の子がオーナーに本気になって行けなくなったそうだ。以来、酒を飲むのは家の近所で一人飲みか、従姉妹達と飲むと言っていた。

モテる男は辛いんだよ、なんて冗談交じりで言っていたけれど、あれは本音だったのかもしれない。

「そうか。でも、相続問題はな……身内で仲違いするってのはなかなか辛いぞ。うちの親達はそのせいで年に一回全員で集まってた正月の恒例行事がなくなったしね」

「……いくら資産があっても、争いの種になるのは嫌だなあ……」

お金か。

文屋さんと知り合うまで、私は人生において大事なものは愛や仕事よりお金だと思っていた。

でも、お金が原因で、今まで上手くいっていたものが上手くいかなくなったり、仲が良かった人との縁が切れてしまったりするのは嫌だな。

もちろんたくさんあればありがたいし生活も安定するけど、やっぱり人生ってお金だけが全てではないのかもしれない。

というか、揉めるほどの資産がない自分には、そもそも無縁の問題であった……とため息をつく。

それをしっかり見られていた。

「どうした？　疲れた？」

今度は文屋さんが私の顔を覗き込んできた。

この人だって仕事帰りなのに。自分は疲れた顔など微塵（みじん）も見せず、私のことばかり気遣ってくる。

そんな彼の優しさに顔が緩んだ。

「まあね。私とは経済事情の違う人達の話にはついていけないなあ……って」

「……父親が金持ちというだけで、俺は金持ちではない。普通だよ」

文屋さんが真顔で返す。

「でもいい部屋に住んでるじゃない」

「あれは社長の持ち物だった部屋を買っただけ。まだローンも残ってるよ」

「そうなの？」

「そ。俺はしがないサラリーマンですから」

文屋さんにはちっとも似合わない「しがない」という言葉に、笑ってしまった。

「そんな風には見えないよ。そのうち売れっ子になって大きく羽ばたきそう」

「どうだろうな……。いつか独立してみたい気もするけど、今の会社が居心地いいからなあ……」

真っ暗な空を見上げながら、彼が今の気持ちを語る。

ちゃんと先のことも考えてるんだなと感心する。と同時に、彼は私に仕事の悩みをほとんど話したことがないと気付く。

仕事の悩みの一つや二つ、ありそうなものだけど。もしかして気を遣われているのかな。

「文屋さんって、悩みある？」

「……夏凛が俺のマンションに引っ越してきてくれない悩みなら、ずっと抱えてる」

「そ、そういうんじゃなくて。仕事のこととか、人間関係とかさ」

まさかの悩みが私のことでこけそうになるけど、気を取り直して聞き直す。

文屋さんは、うーん……と空を見上げた。

「俺、あんまり悩まないいんだよね。その時の直感を信じて行動するから」

「……でも、よかれと思ったものが実はあんまり……だったり、そういう時でも、悩んだりしないの？ といっても、私はめちゃくちゃ悩んだあとでも、朝起きればわりと気持ちがスッキリしてるから引きずったりはしないけど」

寝ることでしっかり気持ちをリセットできるのはいいことだと思う。いちいちあれこれ溜め込んでいたら、そのうち仕事だけでなく体にも支障が出そうだし。

「ふーん。それはいいんじゃない？ なんつーか……、失敗とか人の行動の嫌なとこを思い返してもいいことなんてないだろ？ もちろん反省はするけど、それをマイナスに捉えるんじゃなくて、あの時はああじゃなくて、こうすればよかったってプラスに考えるようにしてる。失敗を自分の経験の一つとして、必要なことだったと考えるようにすると、気持ちが落ち込まないんだ」

「……なるほど」

「俺みたいな仕事してるとさ、デザイン案とかをめちゃくちゃひねり出したとしても採用されるのは一つ二つだろ。下手すりゃ一つも採用されずにボツになる。そうなるとほんと凹(へこ)むわけよ。何日も寝食を忘れるくらい没頭して作ったものだったりすると特にさ」

「そ、そっか……」

——寝食、忘れるんだ……

「でも、好きでやってる仕事だから、辞めたいとは思わないわけ。悔しいけど、採用されたものを見るとやっぱりいいって思うからさ。だから今度はそれを超えるようなものを作りたいって俄然(がぜん)やる気が増すわけ。俺はね」

文屋さんの目がキラキラしてる。それが素敵だと思った。

「……文屋さんは、クリエイティブなお仕事が向いてるんだよ、きっと。それに、失敗しても、次はもっといいものをって思えるのがもう、すごいもの」

「そうかな」

「そうだよ。私はすごい人を見たら、自分はあんな風にはなれない、って思っちゃう方だし。才能がある人って羨(うらや)ましいよ」

「俺からすれば夏凜もじゅうぶんすごいけど。職場の人達に愛されてるし、若干複雑ではあるけど、客にも好かれてるだろ。仕事してる時の夏凜って生き生きしてる。だから惚れたようなものだし」

思いがけず褒(ほ)められてしまった。

「え、あ、ありがとう……」

「今後はさ、何か悩みがある時は俺に話してみてよ。俺流でよければ、どんな悩みでも解決してみせるからさ？」

「はは。わかった。俺流のお悩み相談室だね？　困った時は相談してみようっと」

「いつでもどうぞ」

この時の私達は、例の女性の件がまだ何も解決していないことに、気付いていなかったのだ。


バイトからの帰り道。もうじき日を跨ぐという深夜なので、私以外に歩道を歩いている人はほとんどいない。そんな中で、なぜか視線を感じた。

「……？」

立ち止まって周囲を見回すけれど、怪しい人はいない。たまに自転車に乗った人とすれ違うくらいだが、皆こちらを振り返ることなく去っていく。

——気のせいかな……

頭をポリポリ掻きながら、再び歩き出した。ストーカーなんて言葉が一瞬頭を掠めたけど、自分に執着する人なんかまったく思い当たらない。……あ、一人いた。文屋さんだ。

——いや、文屋さんだったらコソコソしないか。あとをつけるとか性に合わなくて、すぐ目の前に現れそうだもんね。

アパートに到着して、ポストの中に怪しいものが入っていないかチェックする。が、まったくいつも通りでホッとした。

「……気にしすぎか」

何かあればすぐ文屋さんに相談しようと思っていたが、今のところ視線を感じたかもしれない程度。こんなことで忙しい彼を煩わせるのも悪い。そう判断した私は、今夜のことは文屋さんに話さず、自分の中だけに留めておいた。

しかしその数日後、この時感じた視線の主が判明するのである。

それは、私がセレクトショップに勤務中の時だった。

平日の午後三時過ぎ。お客様が商品を購入され、お見送りをして店の中に戻ろうと体の向きを変えた際、後ろから声をかけられた。

「すみません」

「はい」

職業柄、声をかけられると瞬間的に反応するようにできている。私が振り返ると、そこに若い女性が立っていた。

身長は私と同じくらい。少しふくよかで、明るくカラーリングした長い髪が印象的なその女性は、私の顔をじっと見てから、値踏みするように頭の上からつま先まで視線を走らせてくる。

「……蔦、夏凛……さんって、あなたですか？」

「はい、そうですが」

「へえ……」

どう見ても好意的ではないとわかる。

――何？　この人……

「私に……何か？」

「文屋才門さんに近づかないでもらいたいの」

「はっ⁉」

いきなりわけのわからないことを言われて、高い声が出た。

「いやあの……近づかないでと言われても。……そもそも、あなたはどなたですか」

ムッとする女性に対し、刺激しないよう冷静に尋ねた。

「……私のことはいいのよ。とにかく、文屋さんと早く別れて‼」

こっちの質問に答えず自分の要望ばかり告げる相手に、さすがの私もイラッとした。

「自分の素性も明かさないような人に、いきなりそんなこと言われて、はい別れます、とか言うわけないですよね。それに、恋愛は当人達の問題ですから、あなたのご要望にはお応えできません」

そう言って、店に戻ろうとした。しかし、いきなり背後から服の裾を掴まれて、体が後方に引っ張られる。

「ちょっ……‼」

「まだ話は終わってないから‼　文屋さんは私のものなんだから‼　あんたみたいなおばさんは、引っ込んでてよ‼」

「お、おば……」

初対面の人に対しておばさんと言うのもすごいけど、文屋さんを私のもの呼ばわりするのもなかなかである。

「ちょっと……!!　何言ってんの？　それよりなんで私が文屋さんと付き合ってることを知ってるんです!?」

「興信所が調べてくれた。あなたの住所も、職場も全部ね」

「はあ!?　こうしんじょ……あ」

もしかして、この前感じた視線って!?

理由がわかってホッとする。でも、結果がこれじゃ、問題が増えただけだ。

——最悪。

「そんなの調べてどうするんです。会いに来られても、文屋さんと別れたりしませんよ」

別れてくれと言われて素直に聞くほど私はお利口さんではない。それに、やっと見つけた大好きな文屋さんを、こんな小娘に取られてたまるか。

「ふん……いつまでそんなこと言ってられるかしら。別れるまで何度でも来るわよ。とにかく、あなたの存在が邪魔なの。お金で片がつくならいくらでも払うわ。いくらなら別れてくれるの？」

「いくら積まれても別れませんよ!!　用件がそれだけなら帰ってください」

相手にするだけ無駄だと思ったので、話を切り上げて店に戻ろうとする。しかし、それで相手が納得するわけがなかった。

いきなり後ろから髪を引っ張られて、面食らう。

「痛ぁっ!!」

咄嗟に手で頭を押さえるけれど、容赦のない力で引っ張られる。

「いいから彼と別れなさいよーーっ!!」

「痛いっ!!　痛いから!!　本当にやめて!!」

「私のこと無視するからよ!!　やめてほしかったら、今すぐ文屋さんと別れてよおおおお!!」

髪を引っ張られ、尚且つ背中をぼこぼこと殴られる。

非力な女性の力とはいえ、何度も殴られるとそれなりに痛い。

本当に、なんで自分がこんなことをされなくてはいけないのか。理不尽すぎて腹が立った。でも、こんなことで好きな人を諦めたくなんかなかった。

「だから別れないって言ってるでしょ!!」

落ち着いた大人の女性御用達のお洒落なセレクトショップ。いい天気の昼下がりに、店の前で女性二人が大声で喧嘩をしていたら、かなり目立つ。通り過ぎる人達が不審そうにこちらを眺めては、関わりたくないとばかりに足早に去っていく。

騒ぎを聞きつけて、店の奥にいたオーナーがすっ飛んできた。

「おいおいおい、何やってんの!!」

オーナーが珍しく切羽詰まったような声を出す。そして別れろ別れろと騒ぐ相手の女性を、力尽くで私から引き離してくれた。

「こんなとこで騒いじゃ近隣のご迷惑になるでしょ!!　どうしたっていうの。……で、こちらの方はどなた？」

珍しく困惑気味のオーナーに、まずは「お騒がせして、申し訳ありません……」と謝った。

「私も何がなんだか。この女性がいきなり……」

私とオーナーの視線が女性に集まる。すると鬼の形相（ぎょうそう）をした女性にきつく睨（にら）まれた。

「だから!!　この女が私の知らないところで勝手に文屋さんと付き合ってるから、別れろって言いに来たのよ!!　いいからさっさと文屋さんと別れなさい!!　別れるって言うまで私、ここから離れないから!!」

彼女の言い分を聞いて、オーナーも状況を察したようである。

「そういうこと。でもそれって、文屋さんも承知してることなのかな？　それともあなたの独断で、勝手にやってるの？」

冷静なオーナーに問い詰められて、彼女が不機嫌そうに言い返す。

「当たり前じゃない。こんなこと彼に言うわけない」

「んー……それはまずいねえ。こんなことを文屋さんが知ったら、きっとめちゃくちゃ怒ると思うけどな」

「い、言うわけないでしょっ」

ふん、と顔を逸らす女性に、オーナーも呆れ顔だ。

「困ったね。これは……当人を呼ばないと埒（らち）が明かないな」

当人と言ったところで、相手の女性の顔色が変わった。

「当人って……もしかして文屋さんを呼ぶつもり!?」

「当たり前でしょ。付き合ってるのは文屋さんと蔦さんなんだから。なのに文屋さんを無視して、その彼女に一方的に別れを迫ったたって、彼が納得しなきゃ成立しないでしょ」

もっともな話だが、相手の女性はそのことを失念していたようである。

なぜだか顔が青ざめている。

「……っ、ぶ、文屋さんには言わないで……」

急に怯えた野ウサギみたいになっている女性に対し、今度は私がキレそうになる。

「は⁉　何言ってんの？　文屋さんに言わないで私にだけ別れる宣言させてどうしたいわけ？　そんなんじゃ別れたことにならないって、女子中学生でもわかるわ」

「だからっ‼　あなたから文屋さんを振ればいいのよ‼　そうすれば文屋さんもこんな女のことなんか諦めて、私と付き合うかもしれないし……」

勝手な言い分に、口から魂が出そうなくらいため息が零れた。

「文屋さんがそんなことであなたと付き合うと思う？　それに、あなたが裏でこんな姑息なことをしたと知ったら、彼、烈火の如く怒ると思うけど。こういう裏工作みたいなこと大嫌いだから」

「裏じゃないもん‼　ちゃんと見えるところでやってるもん‼」

子どものような言い訳に、こっちもついカッとなる。

「そういう意味じゃないっ‼　文屋さんの知らないところでやってるっていう意味‼」

「ぶ……文屋さんは怒らないもの‼　物静かで、優しくて、いつも親切なあの人が、私を怒るとか……絶対ないし‼」

力一杯否定した女性に、呆気にとられる。それは私だけでなく、オーナーもだ。

——この人、文屋さんのこと誤解してる。ていうか、文屋さんがこの人の前では猫を被っているのかな？　……ん？　もしかして……この人、例の名刺の社長令嬢なんじゃない？

前に彼が言っていた通り、仕事先では外面（そとづら）を良くしている文屋さんを、自分に都合がいいように勘違いしているんだ。

「とにかく。あなたの言い分ばっかり聞いてもどうにもならない。文屋さんにあなたのこと連絡させてもらうから」

「いや————っ!!　やめてよ!!　だめだめだめ!!　無理っ!!　とにかく文屋さんは渡さないんだからあ————!!」

いきなり叫んだと思ったら、女性が駆け出してどこかへ消えた。ここから離れないとか言ってたくせに、あっさりいなくなったので、私もオーナーも拍子抜けしてしまった。

「……帰りましたね……」

「だね。しかし、今時の若い子はパワフルだねえ」

「いや、あれは特殊かと……。皆が皆、あんな感じではありませんよ」

感心しているオーナーはともかく。このことは早急に文屋さんにも連絡しておかないといけない。

そう思ったので、夜のバイトに行く前に彼に電話をして、早速この出来事をチクッた。

「……と、いうわけで。なんか嵐みたいな人が店に来たんだけど。あれってもしかして、例の社長令嬢なんじゃないの？」

この間文屋さんのバッグに入っていた謎のカード。どう考えてもあの子が書いたとしか思えなかった。

『……絶対そうだ』

文屋さんの声がいつもより一段低い。これって、明らかに機嫌が悪い証拠だ。

『あいつ……舐めた真似しやがって。どうしてくれようか』

スマホから聞こえてくる声だけでも、かなりご立腹の様子だとわかる。

「あああ、待って待って。もう私のところに来なければそれでいいから。あんまり手荒なことはしないでよ」

『被害に遭ったのは夏凛でしょ、なんで庇うの。……今夜、バーに行くから。そこで説明させて』

「うん……」

最初は怒っている様子だった文屋さんの声が、だんだん語気が弱く、暗くなっていった。

もしかして、落ち込んでいるのだろうか。

でも、この前、あまり悩まないって言ってたし、そんなことないかと思っていた。

しかし、このあとバイト先に来た文屋さんの顔が、あまりに暗かったので、予想外に落ち込んでいたのだとわかる。

「夏凛、ごめん」

珍しく目に光がなく、視線を落としがちな彼を前にしてこっちがびっくりした。

「え、ええ……大丈夫だって言ったのに、なんでそんなに落ち込んでるの……」

「自分のせいで好きな人に迷惑をかけたら、普通落ち込むだろ。しかも興信所で住所や勤務先まで調べ上げるとか。正直予想の範疇を超えてた。本当にごめん。俺の考えが甘かった」

カウンターで項垂れる文屋さんにお水を渡しながら、大丈夫だよと励ました。

「この通り、なんともないから。いきなりでびっくりしたけど、すぐにオーナーが来てくれたし。念のため、しばらく店に常駐してくれるって言ってくれたから、心配要らないよ」

「……でも、嫌な思いはしたろ」

じっ、と鋭い視線が送られてきて、咄嗟に目を逸らしてしまった。

というのも、言ったら更に激高しそうだったので、相手に髪の毛を引っ張られたり背中をぼこぼこ殴られたりしたことは話していないのだ。

「……ま、まあ……」

「なんで目を逸らすんだよ。他にもなんかやられたのか!?」

「大丈夫です……」

文屋さんが手で額を押さえて、はあ……とため息をついた。

「ぜってー他にもなんかされたんだろ……くっそ、あいつ。許さねえ……」

「いやいや、待って。あの女の人って、取引先の社長の娘さんなんでしょ？」

「そう。そいつ園田成実って言ってさ。今、俺が関わってる案件のクライアント会社の社長令嬢だったわけ。一応彼女も社員として父親の会社で働いてて、今回の企画にも絡んでるんだ。それで何度か顔を合わせたことがあるんだけど」

「そ……それだけで見初められたの？　何か会話を交わしたのがきっかけとかでは……」

これに文屋さんが頭を振る。

「ない。事務的なやりとりだけ」

——じゃあやっぱり、顔とスタイルかな。

率直にそう思った。

実際、文屋さんは、誰が見ても目を引く存在だし、そんな彼に彼女が一目惚れしてもおかしくはない。

「社長である父親はいい人なんだけど、どうも子どもには甘いらしくて……。行ってた大学を、もう勉強したくないとかいう理由で中退したんで、仕方なく自分の会社に入れたけど、まあやりたい放題で周りも扱いに困ってる……っていうのを、今回の案件の担当者から聞いた。つーか、そもそも今回うちに仕事が来たのは、彼女が俺を指名したかららしい」

娘が指名したからって、本当に仕事を依頼してくるって、親も相当甘いな。

「こういうことはあまり言いたくないけど、あれは相当だよ。そもそも彼女は、どこで文屋さんを知ったの？　指名してくるってことは、以前にどこかで会ったってこと？」

文屋さんが頬杖をつく。

それを横目に見ながらノンアルコールビールをグラスに注ぎ、彼に渡した。

「夏凛も観たって言っただろ。俺が出たあの動画だよ。偶然あれを観て俺を気に入った彼女が、父親に頼み込んで仕事を依頼してきたらしい」

「ああ……あの動画ね……」

確かに、あの動画の文屋さんは素敵だった。外見はもちろんだけど、動画の中の知的な話し方をする彼に惚れてしまう女性は少なからずいるはずだ。

現に動画には、たくさんの「いいね」が押されていたけど、その中に園田さんが含まれていたというわけか。

「クライアント自体はいいんだよ。歴史のある優良企業だし、ここ数年の売り上げも右肩上がり。今後の付き合いを考えると一緒に仕事をするのは、うちにとってもプラスだから」

「そうなんだ……」

「今回は、新しいロゴマークの制作を依頼されたけど、企画の担当者もいい人で仕事にはまったく問題なかった。でも、あいつが会議に参加してから話がおかしくなってきた。もっと可愛くしろだの、おおよそのデザインが決まったところで急に家で飼ってる犬を入れてくれだの。あいつが一人で話をややこしくしてる」

「うわ……」

話しながらだんだん文屋さんの眉間に皺が寄っていく。それを見るだけで、彼女がどれだけ周囲に迷惑をかけているかがわかった。

「で、ここへ来て俺にアプローチをしてくるようになって、はっきり言って迷惑でしかない。上司にも状況は報告したけど、なんせ社長の娘だから、我慢できるうちは堪えてくれの一点張りだ」

「我慢……できるの？」

「できるわけないだろ。それじゃなくても限界だったのに、まさか夏凛にまで接触するとはね。これはもうクビ覚悟であの女に一言言わないと気が済まない」

低いトーンで呟く文屋さんに、こっちがギョッとした。

クビ覚悟なんて言われて、黙っていられるわけがない。

「だめだよ!!　文屋さんが彼女のことで身を切る必要はないでしょ？　今の職場に不満はないって言ってたじゃない。勿体（もったい）ないって」

身を乗り出して諭すと、なぜか文屋さんがニヤリとする。

「だよな。俺もそう思う」

「わかってんじゃん……もう、びっくりさせないでよ」

文屋さんがカウンターの上で腕を組む。

「どういうわけか、園田成実は俺との接触を避けてるっぽいんだよな。多分、今日夏凛のところに突撃したのがバレたら、俺になんか言われると思ってるんじゃないか。電話が通じないんだよ」

彼から聞かされた事実にポカンとしてしまった。

「……あの子、本当に意味わかんないわね……。あんなことしたら、文屋さんの耳に入るのは当然だろうに、避けてれば誤魔化せるって本気で思ってるのかな……」

「さあ。とりあえず、こっちもいい加減付き合いきれないんで、ちょっと夏凛にも協力してもらいたいんだ。彼女を呼び出してくれない？」

「それは構わないけど、私が呼び出したところで、あの人来るかな？」

「来るね。話があるからとか、理由はなんでもいいよ。上手く彼女をおびき出してくれたら、あとは俺がどうにかする」

おびき出すって。なかなかお目にかかれない希少動物じゃないんだから。

「そこまで言うなら……わかった。あの子の連絡先教えてくれる？」

「わかった。確か、最初に会った時に手渡された名刺があったはず」

文屋さんがバッグの中から名刺を取り出した。可愛らしいピンク色の名刺には、彼女の名前と肩書き、手書きで携帯の番号が記されていた。もしかしてと思って裏を見ると、明らかに若い女性の筆跡だとわかる文字で、【いつでも電話ください】と書かれている。

「こんなこと書いてるのに、電話に出ないとは……」

文屋さんも苦笑していた。

電話するのはいいとして、今日はもう遅いので明日以降のチャレンジとなる。それを彼に伝え了承を得た。

「試してみて……もしだめだったらどうするの？」

「んー……そん時はまた考えるよ」

「そん時って……」

——本当に大丈夫なのかな……

若干の不安を残しながらも、この夜はもう彼女の話が出ることはなかった。

モヤモヤしながらバイトを終えて、文屋さんと一緒に帰宅すると、案の定というか、彼はそのまま私の部屋に泊まっていった。

最近の文屋さんは、週の半分くらいを私の部屋で過ごしている。

「狭いからやめたら？　疲れが取れないんじゃない？」

正直に思っていることを言ったのだが、彼からはこんな答えが返ってきた。

「疲れない。むしろ夏凛とくっついて寝ると別の意味で元気になる」

「下ネタじゃない……」

まあ、下ネタが言えるくらい元気という解釈もできる。心配なさそうだ。

入浴を終え、そろそろ寝るかと一緒に布団に入る。

「じゃ、おやすみ」

「おやすみ……と言いたいところだけど」

布団を被ったはずの文屋さんが、いきなり私を組み敷いてきた。

「え……？　寝ないの？」

「さっき言ったでしょ、夏凛とくっつくと元気になるって」

笑顔の文屋さんが、私の首筋に舌を這わせてくる。

「んっ、あ……っ！」

ざらついた舌が肌を滑っていく感触に、背中がゾクゾクする。これだけでドキドキしてきて、下腹部がむず痒くなってきた。

「ちょっと……、寝ないと……」

「夏凛を味わってからじゃないと、眠れないから」

「またそんなこと言って……っ、ちょっ……」

あっという間にパジャマとインナーを胸の上までたくし上げられ、乳房を両手で掴まれてしまう。

「……夏凛の胸、ふわふわで気持ちいい……」

独り言を呟くと、そのまま乳房の中心にむしゃぶりついた。

「あっ……！」

大きな声が出そうになり、慌てて口を手で押さえた。こんな深夜に大きな声を出したら、絶対隣に聞こえてしまう。

——あっぶな……！

「声、出ちゃいそう？」

文屋さんが乳首を舐めながら、こっちを窺っている。

「だって、急に舐めるから……!!」

「じゃあ先に言っておいた方がいい？　こっちも触るけど」

そう言ってパジャマのウエスト部分から手を差し込んできた。すぐにショーツの中に手が入ってきて、恥丘を撫でられる。

「……っ、もうっ……」

胸への刺激と、恥丘への愛撫。これだけで腰の辺りがむずむずして、じっとしていられなくなる。

乳首を吸い上げたり、舐めたりを繰り返す文屋さんの頭を、両手で抱きしめる。その間に彼の指が私の中をかき混ぜ始めた。膣壁をなぞられるたびにゾクゾクして、自分の中から蜜が溢れ出るのがわかった。

「あっ、あ……っ、ン……!!」

「すげえ溢れてきた……」

たまんねえ、と言って彼が体をずらす。私の両膝を立て、その中心に体を割り込ませると、足の付け根に顔を埋め、溢れる蜜を舐め取り始めた。

「あっ……!! やだ、だめっ……!! ～～～～っ!!」

いやいやと首を振っても、彼はこっちを見ていない。じゅるじゅると艶めかしい音を立てながら蜜を吸われ、ついでに舌で敏感な蕾を愛撫されてしまい、あっという間に達してしまった。

額に手を当て、呼吸を整えていると、上体を起こして身に着けているものを脱ぎ捨てた文屋さんが、避妊具を装着し始めた。

「俺、夏凛の気持ちよさそうな顔、大好き。もっと見たい」

言いながら私に屹立を押し当て、そのまま中に押し入ってくる。

「つん、あ……っ!!」

挿入しつつ、顔を寄せてきた彼に深く口づけられる。声を出せない状況のまま、彼にガツガツと腰を打ち付けられて、呼吸もままならない。

「はあっ……、あ……、ぶ、ぶんやさ……っ」

「絶対離さないからっ……、っ、……かりんっ……」

思いのこもった言葉のあと、激しく突き上げられる。私も何か言わなきゃ、とは思うけれど、だんだん抽送の速度が上がってくるとそんな余裕もなくなる。

——私だって……離れたくないっ……

「あ、あ、ん……っ、好きっ……、す……っ」

極力声を抑え、今の気持ちを伝えた。聞こえていないかも、と思ったけれど、瞑っていた彼の目がパチッと開いた。

「俺も好き。すげえ好き……」

軽く微笑みながら言われると、嬉しすぎて背中がゾクゾクした。

愛されていることを全身で感じながら、時間が許す限り彼と抱き合ったのだった。

——それにしても、なんて言っておびき出そうか……

結局は騙すことなので、あまり気は進まないのだが、彼の言う通りこのままというわけにもいかない。

話し合って、彼の仕事が休みの週末に作戦を決行することにした。

そうして迎えた土曜の昼間。

私は昼休憩でバックヤードに下がったタイミングで、文屋さんから預かった名刺の番号に電話をした。

果たして彼女は、知らない番号からかかってきた電話に出てくれるか。そう思っていたら、数コールで『もしもし』と声が聞こえてきた。

こちらを窺うような、少しトーンを落とした声だった。

「私、先日お会いした文屋才門さんと交際している者ですが……」

『………………ああっ!! あの人ねっ!!』

気付くまでにだいぶ間があったところからして、忘れてたな、絶対。

「直接会ってお話ししたいことがあるんです。お忙しいところ申し訳ないんですが、どこかご都合のいいところでお時間いただけませんか」

『話ぃ？ ……それって、文屋さんと別れてくれるってこと？ そうじゃなきゃ行かないわよ』

「でも、来てもらわないことには、私だって彼とは別れませんけど」

スマホの向こうが静かになった。どうやら考えているらしい。

『むー……。わかったわよ、行くわよ。私にとっていい話が聞けるって期待してるわよ』

「その辺は来てからのお楽しみということで。場所は……そうですね、私が夜に勤務しているバーはどうでしょう」

『バー？ ああ……調査報告書に書いてあった店ね。いいわよ。あなたの身辺調査をした時、昼間も働いて夜も働くなんてどんだけ貧乏なの？ って思っちゃったわ。お金がないって大変ね～』

ここぞとばかりにバカにしたように笑われて、思わずスマホを壁に投げつけそうになる。

――落ち着け私……!! 私は大人!! 三十二歳!!

「し……心配していただきありがとうございます。では、今夜はどうでしょう。私は夜七時過ぎならあの店にいますので」

『ふうん。わかったわ。美味しいお酒、用意しておいてよね』

プツッ、と通話が切れた途端、激しく脱力した。ちょっと話しただけなのに疲労感がすごい。

――私、この人無理だわ……

これまでもいろんな人を接客してきた。ほとんどが良識のある素敵なお客様だけど、ごくたまにとんでもなく上から目線の人とか、商品をカウンターにぽいっと投げて無言で顎を上げて会計を促し、更にはお金を投げつけてくる人とかもいた。

そういう人に当たると、相当ストレスが溜まったりするけど、今回の彼女にはそれとはまた違ったストレスを感じた。

もし店の客だったら、二度と来ないでくださいと言いたくなる相手だ。

「文屋さん、こんな人をちゃんと説得できるのかな……」

彼ならできないことはなさそうだけど、あれは手こずると思う。

スマホを手に取るのもため息交じり。文屋さんに、言われた通り園田さんを今夜バーに呼んだよ、とメッセージを送ると、すぐに返事が送られてきた。

【よくやった】

「なんだこの返し……」

見た瞬間、脱力する。

とにかくやることはやったので、あとは彼にお任せだ。

仕事を終えてバイトに向かう足取りがいつになく重い。

――そりゃあ、このあとに修羅場が待っていると思ったら、誰でもこうなるよね。

ため息をつきながらバーに到着すると、すぐ宮地さんに事情を説明した。

「……と、いうわけで。このあと文屋さんも合流することになってます。お騒がせしないよう極力気を付けますが、先に謝罪しておきます。申し訳ありません」

深々と頭を下げて謝ったら、宮地さんが目をまん丸くしていた。

「いや、そんな。頭なんか下げなくていいから。それにこういう場所は修羅場なんてよくあることだから、気にしなくていいよ」

「……よく、ありましたっけ？　私がバイトを始めてからはあまり目撃した覚えが……」

「この店を開店した頃はちょくちょくあったよ。ナンパした女性を眠らせて、ホテルに連れ込もうとした男と一悶着あったり、カウンターで痴話喧嘩が始まって、周りのお客様を巻き込んで大騒ぎになったり、とか」

宮地さんが腕を組み、懐かしむように笑う。

「そんなことがあったんですか……!?」

「そのうちさ、なんかこれやばいヤツってのがわかるようになるんだ。そういう時は、大事になる前に注意して出て行ってもらったりするんだよね。それもあって最近はあまりないのかも」

「そ、そっか……私も宮地さんを見習って、もしやばくなりそうだったら外に誘導しますね」

「はは。でも、あの彼氏がいるなら大丈夫じゃない？　しっかりしてそうだもん」

「……彼はいいんです。問題は相手の女性ですよ。あれは、かなりやばいです……」

私の様子から、何かを察したらしい。宮地さんが苦笑する。

「そっか。それは大変だ。まあ、なんかあったら僕も協力するから」

「すみません……よろしくお願いします」

恐縮しながら、ポツポツと来店されたお客様の接客をしていると、店のドアが開き園田さんが姿を現した。今日の彼女は、白いフリルのついたトップスに素足を出したショートパンツという格好だ。

「いらっしゃいませ。すみません、お休みのところお呼びして」

「ほんとよね。せっかくの土曜の夜なのに。……カルアミルクくれる？　勿論あなたの奢(おご)りよね」

不機嫌そうにカウンターに腰を下ろした園田さんに、こめかみが小さく疼(うず)く。

——が、我慢……我慢だぞ……。私は大人だもん……平気平気……

オーダーを受けて宮地さんが静かにカクテルを作り始める。

「それより、話って何よ」

「あー、それなんですけど……」

ちらっと腕時計を確認する。さっき文屋さんから連絡があって、あと十分くらいで到着すると言われた。もうじきその十分後なのでぼちぼち来るはずなのだが、彼が不在の間に彼女と話をしてしまっていいものなのか。

でも、何もしないで彼女に帰られてしまっても困る。

せっかくおびき出したのに、それは避けたい。

仕方なく他のお客様の邪魔にならないよう、小声でカンターから彼女に話しかけた。

「とりあえず、改めて私の意思をお伝えしようと思って。私に文屋さんと別れる気はないですよ？

これだけ言っておきたかったんです」

宮地さんがカクテルを作っている姿をじっと見ていた園田さんが、こっちを見て目を細める。

「……だから、そんなの許さないって言ってるでしょ？」

「あなたに許さないと言われても、交際は、私と文屋さんの問題なので」

「あんたみたいな貧乏なおばさんと彼じゃ釣り合わないのよ。彼は、私と付き合った方が絶対いいの。うちの財力を舐めてもらっちゃ困るわ」

ふん、と鼻息荒く捲し立てる園田さんの言いように、呆れてものが言えない。

——財力って……自分のじゃなく親のでしょ。それを盾に大きく出られても……

どうしようもないなあと思いながら隣の宮地さんを見れば、彼も堪えきれずに笑っていた。

「財力ったって……ねえ……」

思わずぽつりと漏らしたら、園田さんがムッとする。

「何よ、私のこと馬鹿にしてるの？」

「いえ、馬鹿にはしてませんけど……」

時計を確認してみると、予定到着時刻はとうに過ぎている。文屋さん、遅くないか。

――もー、まだ？　話題が尽きるんですけど……

「……ってことは、あなたのご両親も彼と付き合うことに賛成してるんですか？」

何気なく質問したら、なぜか園田さんの表情が固まった。

「……そ、れは……まだ話してないけど……」

話してないのか。

なんだ、てっきり親にも言ってるものだと思ってたのに。

「なんで話さないんです？　結婚を考えてるんですよね？　言っておかないと園田さんみたいな方は他からお見合いの話とか来ちゃうんじゃないですか？」

お嬢様と聞くと、親が結婚相手を見つけてくるパターンが多いイメージ。もしかしたら彼女にも、そういう話があるかもな、と思い適当に言ってみた。

「わ……私はいいのよ！　結婚は、当人同士の問題でしょ!!」

「ですよね。さっきから私もそう言ってます。だから私と文屋さんが別れるとかありえないんですけど、理解されました？」

墓穴を掘った園田さんが、しまったという顔をする。

「はッ……!!　だめよ!!　私はいいけどあなたはだめなの!!」

「なんでだめなんですか。納得いく理由を教えてくれません？」

すかさず突っ込んだら、園田さんが唇を引き結んだ。

「だから……その……あなたは文屋さんと付き合うには年齢がいきすぎてる。その点、私は可愛いし若いから、文屋さんにぴったりでしょ。ほら、理由としてはじゅうぶんじゃない」

彼女が鼻息荒く宣言した瞬間、私より先に宮地さんが「ぶはっ!!」と噴き出してしまった。

「み……宮地さん……」

「申し訳ない。あまりにも自信たっぷりだったんで、つい……。いや、なかなか楽しい人だね」

お腹を押さえて笑いを堪える宮地さんに苦笑しかない。

「もー。こっちは笑えないですって。……あなたも、年齢を引き合いに出すのやめてくれませんか。それに関しては、私だって何度も文屋さんに言いましたけど、それでもいいって本人が言ったから、お付き合いしてるんです。だからあなたに、年齢についてとやかく言われる筋合いなんかないんですよ」

そう言えば、さすがに多少は響くと思っていた。しかし、なぜか彼女は口元に意味深な笑みを浮かべる。

「そんなこと言って、無理矢理文屋さんを納得させただけなんじゃないの？　……あなた、数年前に結婚寸前までいった男性がいたみたいじゃない。相手をその気にさせておいて裏切るのは、得意なんじゃないの？」

「……は？」

宮地さんがカウンターに置いたカルアミルクを手に取り、美味しそうに飲んでから、園田さんがカウンターに身を乗り出した。

「あなたの調査報告書に書いてあったの。あれは前の彼氏のことなのかしらぁ？　結婚するつもりだったあなたに振られた相手、そのあと自暴自棄になって勤めてた会社を辞めちゃったらしいわよ？」

言われてすぐに、元彼の顔が浮かんだ。

そんなはずはない、という考えで頭の中が埋め尽くされる。

「だとしても、もう別れた人のことですから」

「そりゃ、振られた相手には言いにくいわよねえ。でも可哀想ね？　あなたに裏切られて、仕事を辞めちゃうくらい気力を失っちゃって。あなた、人一人を不幸にしてるのよ。なのに自分だけ文屋さんみたいな若くて将来有望なイケメンと付き合うなんて、虫が良すぎるんじゃないの？」

「……そ、れは……」

過去をほじくり返されて、言葉に詰まる。

確かに別れを切り出したのはこっちだけど、元彼とはちゃんと話し合ってお互いに納得して別れた。職場や電話番号を変えたのは、私が未練を断ち切りたかったからだし、あの人がどうこうじゃない。

そうわかっているはずなのに、どうしてこんなに気持ちが揺れてしまうのだろう。

「夏凛ちゃん……！」

隣から私を心配するような宮地さんの声が聞こえてくる。そちらを見て力なく微笑むけど、胸に刺さった園田さんの一言が、なかなか抜けてくれない。

自分が発した一言で沈む私に、しめたとばかりに園田さんが畳みかけてくる。

「文屋さんはあなたがこんな女だって知ってるのかしら。知ったら、自分も同じように結婚直前で捨てられるんじゃないかって思うわよね、きっと。悪いことは言わないから、さっさと別れた方が……」

「思わねーし、絶対別れねえから」

ここにいる私達以外の声が聞こえてきて、全員の動きが止まった。声のした方を見ると出入り口のドアの近くに超不機嫌な顔をした文屋さんがいて、目の前の園田さんが大きく息を呑んだのがわかった。

「文屋さん!? いつからそこに？」

「ちょっと前から。宮地さんにメッセージもらったんだ。今カウンターで夏凛と園田さんが口論してるって」

咄嗟に宮地さんを見ると、笑顔でVサインをしている。いつの間に連絡先を交換していたのだろう。

文屋さんがカウンターにやってきて、園田さんの二つ隣の席に腰を下ろした。

「どーせ俺の前では本性を出さないだろうから、バレないようにそこの陰で話を聞いてたんだけど、まあ最悪だな。人に対してあんなひどいことを言いながら、俺の前でずっと猫を被ってたなんてね。しかも興信所で身辺調査するとか、ありえなさすぎて、引いたよ。一体何考えてんの？ 俺の彼女でもなんでもないのに、そんなことする権利があると思ってんの？」

珍しく本気の怒りモード。そんな文屋さんに、園田さんは明らかに怖じ気づいている。

「……それは……あの……ど、どうしても文屋さんとお付き合いがしたかったから……」

文屋さんの眉がピクッと動いた。

「付き合いたかったら何をしても許されると本気で思ってるのか？　勝手な身辺調査も、俺のいないところで夏凛に別れを迫るのも、勝手に調べた人の過去を使って、無遠慮な憶測で人を責めるのも、全部許されることだと思ってるのか⁉」

口を挟む隙をまったく与えない文屋さんに、園田さんの手が小さく震え出す。

「……っ、だって……だって……私……文屋さんのことが好きだから……」

「だってという単語を連呼するような女性は好きじゃない。自分のやったことを棚に上げて、まるで被害者のように振る舞う人間は、俺が最も嫌いなタイプだ」

隣の園田さんを一瞥（いちべつ）した文屋さんが正面に視線を移す。まったく容赦ない彼の言動に、園田さんは下を向いてしまった。

「だ……っ。……こうするしか方法がなかったんだもの……。文屋さん、私のこと全然見てくれないし、誘いにも乗ってくれないから……」

「好きで好きで、やっと付き合えた彼女がいるんだから当たり前じゃない？　そもそも夏凛と別れさせたからって無意味だから。俺は君になんて、まったく興味がないんで」

「そんなっ……‼　ひ、ひどい……っ、こんな場所に呼び出しておいて、私に恥をかかせるなんて……。最低っ！　パパに言いつけてやるからっ」

声を荒らげる園田さんに対し、文屋さんの表情が険しくなった。

「言いつけろよ。それで会社を辞めることになっても、俺は構わないから。好きにしなよ」

吐き捨てるように言い切った文屋さんに、私の方が驚いてしまう。

「は⁉　ちょっと、何言ってんの？　そんな……」

「いいんだよ。恋人をクソミソに言う人間が勤める会社とは関わりたくない。それでうちの会社が不利益を被る（こうむ）なら、俺が辞めた方がマシだ」

「もっ……もう、なんなの⁉　なんでそこまでしてそのオバさんを選ぶのよっ……私の方がお金もあって若いし、結婚するにもいい条件を出せるのに。その人、掛け持ちで働くくらい貧乏なんでしょ、なのに……」

「いい加減、俺の恋人を侮辱（ぶじょく）するのをやめろ。あんたにそんな権利はない」

ぴしゃりと文屋さんに窘め（たしな）られた園田さんが、顔を真っ赤にする。そして数秒後、目の前のカルアミルクを一気飲みした彼女は、荷物を掴んで出て行ってしまった。

その姿を目で追ってから、私達は皆一様にため息をついた。

――って、そんな場合じゃない！

「ちょっと、文屋さん。仕事辞めるのはだめだって！　あの子のせいで文屋さんが辞めるのはいくらなんでも許容できないんだけど」

カウンター越しにもの申したら、彼がポケットからスマホを取り出し、カウンターに置いた。

「さすがに俺も、タダで辞めてなんかやらないよ。今あいつが喋（しゃべ）ったことは全部ここに入ってるから、いざとなったらこれを取引先の社長か専務に聞かせてやる」

「……い、いつの間に……」

にっこり微笑む文屋さんに、こっちの力が抜けていく。隣では宮地さんが「やるねえ」と言って笑っているし、本当にもう、この状況についていけない。

「勘弁してよ……」

たまらず頭を抱えたら、文屋さんが謝ってきた。

「ごめんごめん。でも、こうでもしないとあいつ諦めなさそうだったからさ。俺がいるとも知らずに、べらべら喋（しゃべ）ってくれて助かった」

宮地さんが文屋さんにお水の入ったコップを手渡す。それを受け取り、彼がグビグビと飲み干した。

「でもさ、相手の社長って彼女に甘いんでしょう？　それを聞かせても、彼女に非はないって言うかもしれないよ？」

「確かに、彼女に甘い社長に聞かせても意味はないかもしれないけど、専務は違う。社長の長男……つまり彼女の兄だけど、妹に対する社長のやり方に苦言を呈（てい）しているうえに、業務に支障を与えてばかりいる妹にかなり腹を立てているようだから。多少は役に立つんじゃないか」

彼は大丈夫だと笑っているけれど、私はまだ安心できなかった。

「夏凛」

そんな私の不安を見透かしたかのように、文屋さんが私に声をかけてきた。

「ごめんな、心配かけて。でも、本当に大丈夫だから。うちの社長もかなりの切れ者だし、万が一向こうになんか言われても、黙ってやられたりはしない。……それよりも、俺も聞きたいことがあるんだけど」

「え……何？」

文屋さんがニコッと笑みを深める。

「さっき、元彼の話が出ただろ？　なんか夏凛、あの話を聞いてから、ちょっと沈んでるような気がするんだけど、なんで？　元彼のことが気になるわけ？」

「えっ……」

笑顔で私を見つめる文屋さんだけど、その目は笑っていない。

「なんとも思ってないなら気にならないよね？」

「き……気になんかなってないって！　ただ、別れる時に仕事を辞めるなんて言ってなかったから……本当かなって、疑問に思っただけだよ……」

「本当？　まさかとは思うけど、今どうしてるか連絡取ろうとかしてないよね？」

「し……してません!!」

更に追及してきそうな文屋さんだったが、このあと店が忙しくなってしまい、話をしている余裕がなくなってしまった。

とりあえず、この話はこれだけで済んで安心する。

宮地さんがカクテルや軽食を作り、私がオーダーを取ってお客様に運び、片付いたグラスを下げる。これを繰り返していたら、いつの間にか文屋さんがカウンターの中でシンクに溜まったグラスや皿を洗っていて驚いた。

「えっ⁉　なんで文屋さんが……」

「いやー、手伝ってくれるって言うから。そろそろ本気でグラスがやばそうだったからお言葉に甘えちゃったよ」

　はは……と笑う宮地さんの向こうで、文屋さんも手を動かしながら笑っていた。

「いいんだよ。今日は迷惑をかけたし。なんかしてる方が時間も早く過ぎるから」

　結局、それからしばらくの間、彼に雑務を手伝ってもらうことになった。

　ある程度人が落ち着いたところで、文屋さんにはカウンターに戻ってもらい、お礼兼賄(まかな)いということで宮地さんがナポリタンを作ってくれた。

「やっぱ。美味(うま)い」

　思いのほか喜んでナポリタンを食べている文屋さんにほっこりしながら、その日のバイトを終えた。

「……疲れたね、今日」

　店を出てすぐ、文屋さんと並んで歩きながら真っ先に出てきたのがこれ。

　園田さんのおかげで、いつも忙しい土曜の夜に、輪をかけて疲れたような気がしてならない。

「文屋さんもごめんね。お休みなのに手伝ってもらっちゃって。絶対私よりも疲れてるよね」

「え、俺？　全然疲れてないよ。午前中は寝てたし。それよりも夏凛の協力のおかげで、厄介事が片付きそうだから、ちょっとテンション上がっててさ。むしろ働かせてもらって助かった。エネルギーの持っていき場所がなくて困ってたんだ」

「厄介事って……でも、彼女あれで本当に諦めるかな。もしかしたら、もっとパワーアップして戻ってきたりして……」

文屋さんは、即座に「ないない」と否定した。

「俺、本気で園田の仕事降りるから、もう彼女に会うことはないし、何言われても完全に拒否るから。今日で決心がついた」

「……そう、なの？」

「うん。夏凛のことあそこまで言われて、我慢なんてできないし。……実は俺、これまであんまり人に興味とかなくてさ、誰に何を言われても特になんとも思わなかったんだ。でも、今回、夏凛を悪く言われてめちゃくちゃ腹が立った。それでさ、やっぱ俺、相当夏凛のことが好きなんだなって自覚した。その点だけは、あの子に感謝だな」

そう語る彼の横顔が、なんだか嬉しそうだ。

「……今回の件がなければ、私を本当に好きかどうかわからなかったの？」

「いや、わかってたよ。だめ押しって感じ？　しみじみ思ったよ、俺の中で夏凛は、もう家族と同じくらい大事な存在だってね」

そんな風に言われたら、こっちも照れるではないか。

「そ……そ、そうなのね……。どうもありがとう……」

「うん。……あと、さっき、嫉妬してごめん」

「え？　あ」

元彼の件か。

駅に到着して、いつものように電車でアパートに帰ろうとしたら、腕を掴まれた。

「今日は俺の部屋に行かない？」

「あ、うん」

特に約束はしていなかったけど、誘われるまま素直にタクシーに乗り込んだ。

このところ、結構な頻度で土曜日は文屋さんの部屋に行っていたけど、今夜は園田さんのことがあったから、決めていなかった。

下着や部屋着、化粧品類や歯ブラシなど、彼の部屋にも置いてあるから問題ない。タクシーに揺られながら、そういえばさっき、嫉妬された件を謝られたなと思い出す。

「文屋さんに嫉妬されたのは何度目かな？」

「……ごめん、嫉妬ばかりで。でも、それだけ夏凛が好きなんだよ。独占したいの。わかってよ」

タクシーの運転手さんが聞いているかもしれないのに、またなんつーことを。

「……うん、いいけど……っていうか、嬉しいです……」

「そっか」

文屋さんが、ホッとしたように頬を緩める。その横顔に胸がキュンとなった。

――やばい。私の彼氏が可愛すぎる。好き。

まだタクシーの中だというのに、今すぐこの人にくっつきたい衝動に駆られた。

「夏凛、飯は食った？　賄い食べてたっけ」

「あー……うん、文屋さんも食べたナポリタンを食べたよ」

「あれ、マジで美味かった。宮地さん天才だよな。カクテルも美味いし」

「そうなのよ、宮地さんは何を作っても美味しいのよ……あの人は天才なの……」

彼にくっつきたい衝動をぐっと抑えながら、他愛ない会話をする。やがて彼のマンションが見えてきて、急いた気持ちが少し落ち着いた。

「ありがとうございました」

運転手さんにお礼を言ってタクシーを降り、マンションのエントランスに向かう。早くくっつきたくて、彼の腕に自分の腕を絡ませた。

「ん？　どした？」

「嫉妬してくれたのが嬉しかったから。実はさっきからずっと、くっつきたいのを我慢してたの。気付かなかった？」

一瞬驚いたような顔をした文屋さんが、すぐに笑顔になる。

「ていうか、俺もなんだけど。気が合うな俺達」

笑いながらエレベーターに乗り、彼の部屋がある階で降りた。部屋に近づくにつれてドキドキが増してきた自分を、十代か、と脳内でセルフ突っ込みする。

——こんな気持ちになるのは、いつぶりだろう……いや、もしかしたら初めてかな。

それなりに恋愛経験はあっても、こんな風に気持ちが燃え上がったりはしなかった。

年齢が上がるにつれて、恋愛でいちいちはしゃいだりするのはみっともないと思っていたし、それが当たり前なんだと思い込んでいた。でもそうじゃなかった。

結局、相手によるのだ。

部屋に到着し、とりあえず手を洗ったりなどしている間に、文屋さんが湯船にお湯を張ってくれたので、先にお風呂をもらった。

「ありがとう……気持ちよかった……」

自分のアパートよりはるかに広いバスタブで、思いきり足を伸ばしてリラックスできた。半乾きの髪のままソファーに座ると、文屋さんが腰に腕を回してきた。

「すげえいい匂い」

「そう？　使ったのは文屋さんと同じものだよ？　自分も同じ匂いさせてるじゃない」

「違うよ。夏凛からは夏凛の匂いがするんだよ。俺の大好きな匂い」

覆い被さるように首筋に顔を埋められる。

そんな文屋さんからも私と同じシャンプーの匂いがした。

「お風呂……入らないの？」

「入ろうと思ってたけど、気が変わった。今すぐしたい」

「いいよ」

あっさりＯＫしたのが意外だったのか。彼が私と視線を合わせてくる。

「いいんだ。前だったら絶対風呂に入ってこいって言ってたのに」

「……ま、まあ……。今日あんなことがあったからかな。文屋さん、かっこよかったし、好きが増したよ」

「やった」

嬉しそうに笑った文屋さんが、体を起こした。そしてソファーに深く腰を下ろすと、ポンポンと太股(ふともも)を手で叩いた。どうやらそこに乗れ、という意味らしい。

「いいの？　重くない？」

「平気。そんなにヤワじゃないから」

言われた通りに文屋さんと向かい合う格好で太股(ふともも)の上に乗った。その体勢のまま、体を引き寄せられる。

「……好き」

ぎゅっと体を抱きしめられて、胸の辺りにある彼の頭を抱いた。柔らかい髪を指で梳(す)いていると、まるで大型犬を撫でているみたいな気になってくる。

「文屋さん、毛並みがいいね」

「……まあ、ブラッシングしてるんで……」

一分くらいは抱き合っていただろうか。そのうち彼が私の服の裾(すそ)を胸の上まで上げてきて、ブラに包まれた胸の谷間に顔を埋(うず)めた。

「風呂上がりなのにブラしてんの？　反則……」

「だ、だって、ノーブラじゃやる気満々みたいじゃない……」

「やるからいいんだよ」

そう言うなり、彼はブラを少しずらして、先端を露出させた。まだ愛撫もされていないのに、すでに硬くなり始めているそれを口に含まれる。

「んっ」

巧みに舌を使い愛撫しつつ、反対側も露出させ指の腹で弄ってくる。すぐに甘い痺れが襲ってきて、体から力が抜けていく。

「……っ、や、待って……。ここでするの……？」

「だめ？　ベッド行く？」

数秒考えて、やっぱりベッドがいいと思い至る。うん、と返事をしたら、彼が愛撫を中断し、私の手を引いて立ち上がった。

「わかった、じゃ移動」

「あ、う、うん」

慌てて服を直し、彼のあとについて寝室に移動した。ベッドに腰を下ろす前に彼がキスをしてきたので、それに応えていたらベッドに押し倒されてしまった。

「い……勢いが、ありすぎる……」

倒れ込んでも尚、彼の唇が追いかけてくる。唇から頬へ、耳へ、そこから首筋へとキスが止まらない。

「しょーがない。風呂上がりの夏凛は美味しすぎる」

短いキスを繰り返しながら、彼が私の背中に手を回し、ブラのホックを外した。パチンという音と共に胸の締め付けがなくなる。と同時に、トップスを胸の上までたくし上げられ、ブラと一緒に脱がされた。

「めちゃくちゃ早い……!!」

「まあね。早くしたいんで」

動きは性急なのに、口調は淡々としている。

そのギャップが可笑しくて、自然と顔が笑ってしまった。

「もう……そんなにせっかちだったっけ？」

「最初の時みたいに、いいところで止められたら悲しいからね」

そう言われて、初めてここに来た時のことを思い出す。私が途中で止めてしまったことを、未だに根に持っているのかもしれない。

「その節は……ごめん……」

「いいえ」

ちゃんと受け答えをしつつも、愛撫はやめない。胸を両手で中心に寄せた文屋さんが、そのまま先端を舌で愛撫する。舌先だけ出してチロチロ舐める姿が、私からはっきり見えてしまい、なんだか恥ずかしくて直視ができない。

——う……なんか、エロい……

胸への愛撫だけでこんな気持ちになってどうするのか、とまたセルフ突っ込みをする。そんな私に構うことなく、彼は次第に胸の先を強く吸い上げたり、舌で転がすように愛撫したりし始める。それだけでもう息が上がって、子宮が疼いてどうしようもない。

「あっ……、だめ……い、イッちゃうかも……」

「これだけで？　今日の夏凜、感度いいな」

じわじわと快感がせり上がってきて、太股を擦り合わせながらなんとか耐える。でも、乳首を指の腹で弾かれているうちにたまらなくなってきて、あっという間に達してしまう。

「んんっ…………!!　あ、ああああっ――――っ……」

先にくたっとなってしまった私に、文屋さんが苦笑する。

「早いよ。まだ胸だけじゃん」

「……っ、だ、って……き……もちよくて……」

肩で呼吸をしている私をよそに、彼はまだ胸への愛撫を続けている。しかも今度はそこに足の付け根への愛撫を追加してきた。

「んぁっ……！」

「あれ……もうぐしょぐしょだね。もしかして、すぐに挿入っちゃう感じ？」

ショーツはすでにしっとり。

彼の指はすんなり中へと入ってきて、膣壁を擦りながら前後に動いている。彼が動くたびに蜜が溢れ、動きはより滑らかになっていった。

「もう……っ、いちいち言わなくていいから……」

「うん、わかった。黙る」

ホッとしたのも束の間、彼がショーツを足から抜き取り、指で襞を広げてきた。

「やっ、ちょっ……」

恥ずかしさのあまり、それを阻止しようとしたのだが、彼が先に襞の奥に舌を差し込んでしまう。卑猥な音を立てながら敏感な蕾を舐められて、抗おうにも力が入らない。

「あっ……、ん……っ……」

なんとか身を捩って耐えるけれど、彼の愛撫は執拗だった。達したばかりにもかかわらず、すぐにジワジワと快感がせり上がってきて、いとも簡単に弾けた。

「いやっ……、もうっ………!!　は………あっ!!」

天井を見つめながらハアハアと息を切らしていると、やっと愛撫をやめた文屋さんが上体を起こした。

「夏凛、二回もイッちゃったね」

「だ……誰のせいで……」

「俺のせいだね。責任は取るよ」

ベッドに腰掛けた文屋さんが、トップスを脱ぎ捨てた。穿いていたデニムのボタンを外しながらクローゼットに行き、避妊具を持って戻ってきた。

デニムを脱ぎ捨て下着を下げると、窮屈そうに収まっていた屹立が勢いよく顔を出した。それに避妊具を被せ、私に覆い被さりながら股間に宛がった。

「んっ……」

未だに彼が入ってくる時は息を呑んでしまう。隙間なく隘路を埋める質量と硬さは、何度経験してもその存在感に圧倒される。

「夏凛さぁ……」

私の腰を掴み、彼がゆっくりと抽送を始めた。グッと奥を突かれて「あっ」と声を上げつつ、彼の声に耳を傾けた。

「俺はだいぶ前から夏凛って名前で呼んでるのに、なんで夏凛はいつまで経っても名前で呼んでくれないわけ？」

どことなく不満そうな文屋さんの声に、「ええっ？」と高い声が出てしまう。

――こ……このタイミングでそれ言う？

「そ……そんなの、深い理由なんか、な……、あっ」

説明したいのに、彼がガンガン突き上げてくるので、途切れ途切れになってしまう。

「じゃあ……今から、文屋って呼ぶの禁止ね」

「ええっ、そ……そんな……あンっ！」

強く突き上げられて、たまらず背中を反らせる。

「ほら、早く言ってよ。俺の名前わかるだろ？」

「そ……そんな、脅迫、じゃないっ……」

腰を打ち付けてくる間隔がだんだん短くなってきた。まるで私に早く名前を言え、とばかりに迫い立ててくる彼に、一周回って笑いが込み上げる。

——どれだけ名前を呼んでほしいのよ……！

「才門っ……!!」

名前を口にした途端、彼の動きがピタッと止まった。それに加え、私の中にいる彼の質量が明らかに増して、声が出てしまった。

「やだ、大きくなった……!?」

文屋さんが顔を逸らし、私から見えないようにしてくる。

「やべえなこれ。想像以上だった……」

はあ……とため息をついた彼が、無言で抽送（ちゅうそう）を再開する。それは明らかにさっきよりも勢いがあって、すぐに私から思考を奪っていった。

「やっ、あ、あ、あっ、は……はげし……っ」

「だめだこれ、俺がもたねえっ。……一回出す」

「えっ……あっ……!!」

宣言通り、彼が激しく腰を打ち付けてきて、あっという間に達してしまった。射精して落ち着いたかと思えば、彼は素早く新しい避妊具を装着してまた戻ってきた。

「やばかった……好きな女に名前で呼ばれるの、マジでクるわ」

すぐに挿入しながらそんなことを呟いている。

「そんなにやばいの？　才門」

試しにもう一度名前を呼んだら、うっ、と呻いた彼が動きを止めた。

「……っ、やばい……っていうか、嬉しい……。やっと夏凜の恋人として認められたような気がする」

そう言って、才門が上体を倒してくる。私は彼の脇の下から腕を通し、ぴったりと体を寄せ合った。

「名前で呼ばなくたって、ずっと前から才門のことが好きよ。もうあなたなしではいられない体になっちゃったしね」

至近距離で見つめながら本音を打ち明けたら、彼が勢いよく唇を押しつけてくる。舌を絡ませた深い口づけを数回繰り返したあと、至近距離で見つめ合う。まだキスの余韻が残っているので、なんだか目を見るのが恥ずかしい。

「愛してる」

「……私も」

コツン、と額を突き合わせると、フッ、と才門が微笑んだ。

「俺なしではいられない体って……なんか、いいな」

あまり深く考えずに発した言葉だったので、改まってそう言われるとちょっと照れる。

「そうやって言われると恥ずかしい……。違う言い方にすればよかったかな」

「えー、なんで？　俺、めっちゃ嬉しかったけど」

本当に嬉しいらしく、私の中にいる彼の質量が増した……気がする。

「そう……？　でも、私、もう才門しか好きになれないと思う」

彼が少し体を起こし、挿入した屹立(きつりつ)を、抜けそうで抜けないぎりぎりのところまで引き抜いた。抜くのかな？　と思ったら違った。彼は浅いところに屹立(きつりつ)を擦りつけながら、再び奥を穿(うが)ってくる。

「んっ……！」

ぐっと奥に突き立てられ、勝手に背中が反(そ)ってしまう。

「この部屋ならいくら喘(あえ)いでも隣には聞こえないよ。……多分」

「そ……そりゃ、うちのアパートよりは全っ然マシだけど……あっ……!!」

いきなり才門が激しく腰を打ち付け始めて、会話ができなくなってしまう。

――だからって、大きい声は出せないってば……っ！

「んっ、ちょっ……、話してる途中だった、のにっ……」

途切れ途切れでしか会話できない私を見て、才門が笑う。

「早くこっちに引っ越しておいでよ」

彼もさっきよりは幾分か余裕がなくなっているようで、会話の途中、少し息が乱れていた。でも、そんなことには構わず、私の腰をしっかり掴んだまま、何度も腰を打ち付けてくる。

徐々にその間隔が短くなり、抽送(ちゅうそう)の速度が増していった。

息をつく暇もない激しさに、再び私の思考が飛びそうになる。

「さ……才門っ……、は……はげしいって……」

「もうイッちゃいそう？」

「っ……、き……きそう……っ……」

シーツを掴んで、必死に突き上げに耐えていると、なぜか彼がピタッと腰の動きを止めた。

「……？　なん、才門……？」

「先にイッちゃうなんてひどいな。イくなら一緒にイこうよ」

そう言って、彼が屹立を引き抜いてしまう。それを少し寂しく思いながら見つめていると、彼に肩を掴まれ体をひっくり返される。

「夏凛の背中、綺麗だな」

才門が髪をどけて、首の後ろにキスをする。そのまま彼の唇が首から肩甲骨、背中の真ん中へと滑り下りていった。

「後ろから挿れさせて」

「ん……？　うん……」

再び硬い屹立が私の中に入ってきた。

「あ……っ、んんっ………っ！」

枕に顔を埋めて、後ろから入ってきた彼を全身で感じる。

正常位でやるのとは違う場所に屹立が当たる。それがまたいつもと違って気持ちいい。これだけできゅっと子宮が疼いてしまう。

「うっ……。夏凛、今締まった……」

「だって……きもちい……」

彼が背中にピタッと体を寄せてきた。耳の後ろ辺りで声がしたので振り返ると、すぐそこに顔があった。

「夏凛、可愛い」

自然と吸い寄せられるように唇が重なり、舌を絡ませ銀糸を引いて離れる。それを名残惜しく思っていると、肩にチュッとキスをした才門が再び腰を動かし始めた。

「きつかったら、言って」

「ん……」

顔を横に背けて、抽送に身を任せる。

始めはゆっくりだった腰の動きが、すぐにさっきのように激しくなり、シーツや枕を掴んでいないとその動きに耐えられない。

「あっ、あン、んっ……!! はっ……」

――すごい、気持ちいい……やっぱりまたイきたくなっちゃう……っ。

「あ……っ、さ、才門っ……もう、イきそ……」

「イきそう? 夏凛はほんと、感度いいね」

背後から回ってきた手が、ぐにぐにと胸を捏ねる。時々指で先端を強めに摘まれるから、快感が一気に高まってしまう。

「じゃあ……こっちに来て」

才門が私の体を持ち上げ、繋がったまま彼の太股の上に座るような姿勢になってしまう。

でも、この体勢だと彼の顔が見えない。それが寂しい。

「や、やだこれ……。才門の顔が見えないじゃない」

肩越しに訴えたら、すぐに私から彼が屹立を引き抜いた。振り返ると、驚いたような顔をしている才門がいた。

「……？　どうしたの？」

「だって。俺の顔が見えないとか可愛いこと言うから……」

その刹那、いきなり彼がぎゅっと強く抱きしめてきた。

「好き好き好き好き。大好き」

「私も好きだってば」

笑いながら彼の背中をポンポンしていたら、彼が体を少しだけ離した。途端に下腹部に触れそうなくらい反り返った屹立が目に入ってしまい、ドキッとしてしまう。

きっとそんな私の行動を、ばっちり見られていたんだと思う。彼がわざとらしく屹立を手で掴んだ。

「夏凛が自分でナカに挿れて」

「……っ……」

一瞬躊躇しかけた。でも、私だってまだ彼と繋がっていたいのだ。だから無言で、太くて硬い楔を自分で自分のナカに沈めた。

「あ……っ！　これ……すご……」

屹立の上に座るような格好で、奥まで彼を呑み込んだ。最奥に達した屹立がまた私のナカで大きくなったような気がして、キュンキュンと子宮が疼いた。

「これ、やばいな……すげえ気持ちいい……」

上体を起こした才門が私の体を抱きしめる。空いている手で乳房を掴み、ぐにゃぐにゃと揉まれながら先端を愛撫された。

こんなの耐えろって言うのが無理だ。

「も……っ、だめこれ……っ、きもちいいっ……」

「じゃ、動くから。一緒にイこう？」

そう言って、才門が激しく腰を動かし始めた。下から突き上げられながら胸にも愛撫をされると、案の定すぐに快感が高まってきて、私の口からは嬌声と吐息しか出てこない。

「あっ、だめっ……!!　いく、いくいくっ……!!」

「俺も……やばっ……あ……う……っ……!!」

私は彼の首に手を回し、抱きしめながら。

彼は私の体を抱きしめて、肩に顔を埋めながら。

二人同時に達して、最初に私がベッドに倒れ込んだ。彼は避妊具の処理をしにベッドを離れたけれど、すぐにまた私のところに戻ってきた。

一緒に布団の中に入るや否や、彼が私の腰に腕を巻き付けてくる。

「幸せだ……」

「ふふっ……。私も」

私の胸にぐりぐりと頭を押しつけてきたり、チュッと頬にキスをしたりしてくる才門が可愛くて……困る。

――これじゃ離れられない……。いや、離れないけど。

そのあとも、ずっといちゃいちゃしているうちにいつの間にか寝てしまい、気が付いたら朝を迎えていた。

でも、今日は日曜だ。仕事もバイトもないので、思う存分彼と一緒にいられる。

寝室の時計で時刻を確認した私は、隣ですやすやと寝息を立てている才門の額にそっと唇を押し当ててから、もう一度布団を被ったのだった。

＊

俺が現在勤めているデザイン事務所は、憧れの人が代表を務めている。

『よかったらうちに来ないか？』

前職でとあるプレゼンに参加した際に、同じ場に居合わせた代表の岡部(おかべ)さんから直々(じきじき)にスカウトされた。

もちろん当時勤めていたデザイン事務所も決して魅力がないわけじゃなかった。大手だけあって、やりがいのある大きな仕事も多いし、企業として歴史があるから経営も安定している。勤め先としてこの上ない環境だった。

しかし岡部さんの作ったものに惚れ込みプロダクトデザイナーを目指した自分にとって、彼は神だ。神に誘われてノーと言える人がいるだろうか。

『行きます』

すぐに返事をしたら、虚を衝(つ)かれた岡部さんがお腹を抱えて笑っていた。そして、いつでもいいから待ってるよ、と言ってくれた。

そこから、辞めるなと引き留めてくれた職場の上司をなんとか説得し、円満退社して岡部さんの会社に移った。

ビジネスオフィスが多数入るビルのワンフロアに、うちの事務所はある。

過去に数々の賞を受賞したプロダクトデザイナー兼社長の岡部さんの他にも、優秀なデザイナーが何人もいる。皆岡部さんのもとで勉強したくて自(みずか)ら志願してここへ来たり、岡部さんに才能を見いだされて引き抜かれた人ばかり。

前職も周りには才能溢れる人が多かったけれど、ここもなかなかの猛者(もさ)ぞろいで気が抜けない。

前の会社と比べたらまだ歴史も浅いデザイン事務所ではあるが、代表の岡部さんが売れっ子ということもあってオファーも多い。社員も若く活気があり、新しい環境には大いに満足している。

そして今に至るわけだが。

――園田の仕事は断る、と夏凛に啖呵(たんか)を切ったはいいけど、どうするかな。

夏凛との甘い週末を終えて、月曜日を迎えた。

土曜に園田成美とやり合った。もう完全に園田の案件から手を引くつもりでいるが、問題はそれをどうやって岡部さんに説明するかだ。

「文屋さん」

フロアの一角にある自分のブース内で、話を切り出すタイミングを思案していると、ふいに声をかけられた。振り返ると、営業補佐をしている女性社員がブースの外からこちらを見下ろしていた。

確か入社して二年目の社員だった、かな。

「はい。何か」

「あの、週末に皆で飲みに行こうって話をしてるんですけど、文屋さんもどうですか？」

「ああ……俺はパスで」

速攻で断ったら、女性が悲しそうに眉尻を下げた。

「え……でも、文屋さん、これまでほとんど飲み会に参加したことないですよね？　新入社員も、文屋さんとお話ししたいって言ってますし……一度だけでも参加してもらえませんか？」

「それ、岡部さんは出ます？」

女性を見ながら尋ねたら、彼女の目が泳いだ。

「あっ……。えっと、若い社員だけで集まろうって話になったので、社長は参加されないです」

「ふーん。じゃあ、参加する男女の比率は？」

「……えと、女性が五人で、男性が四人……」

「俺が参加したら五、五か。合コンみたいだな。だとしたらやっぱり参加はパスね。俺、そういうのは無理なんで、覚えておいて」

女性から視線をモニターに移すと、彼女が「失礼しました……」と言って去っていった。

――断っても断ってもめげないな。

学生時代や前職の時もそうだが、どうも女性に好意を持たれることが多く、こういった誘いをちょくちょく受ける。

それを友人に嘆いたら、「顔だろ」と言われた。

もちろん顔を気に入ってくれるのはありがたいことだが、好きでもない相手にしつこく声をかけられるのは、はっきり言って迷惑でしかない。

きっぱり断ってしまいたいけれど、このご時世あんまりきついことを言うとすぐにハラスメント呼ばわりされるのでそれも面倒くさい。

結局、興味のない相手には最初から近づかないというのが、一番の安全策だったりするのだ。

――でもそうすると、今度は冷たい人呼ばわりされるし、じゃあどうすりゃいいんだよ。

「相変わらず、飲み会には参加しないんだな」

クスクスと笑い混じりの声が聞こえてきた。岡部さんだ。

岡部さんは四十代前半。見た目は細身で、爽(さわ)やか。これまでに商業デザインで大手企業のロゴを作成したり、キッチン用品や雑貨のデザインで賞を取ったりと華々しい経歴の持ち主だが、決して偉ぶることなく気さくに接してくれる。そんな彼の人柄も、慕われる要因の一つになっていると思う。少なくとも自分がそうだから。

――いくら仕事ができても、パワハラ体質な人のもとに行こうとは思わない。

「……特別必要ないことはしません。それに今、自分には恋人がいますから。誤解を生みかねない」

「そうか。モテ男も大変だな。……それより文屋、今ちょっといいか」

会議室を指差される。

「はい」

なんの用かはわからないが、ちょうどいい。園田のことを切り出すいいタイミングだ。

会議室に入り、岡部さんと二人きりになる。

椅子に座り、腕を組んだ岡部さんが、やや困惑気味に口を開いた。

「お前、園田工業となんかあったか？」

「え。……どうして岡部さんがそれを」

「あったんだな。何があった？」

「それが、実はですね……」

そうして俺が、ここ数日の間に起きた園田成美の行動を全て打ち明けると、だんだん岡部さんの顔が曇っていく。最後は額を手で押さえたまま項垂（うなだ）れてしまった。

「なんだそれは……。興信所使ってお前の彼女を調べ上げるとか、やりすぎもいいところだろ。彼女について、あまりいい話は聞かなかったけど、案の定か」

「スマホのボイスメモで、証拠になりそうな会話を録音しておいたんで、必要であれば提出します」

ポケットに入れていたスマホを出そうとしたら、なぜか「いや、大丈夫だ」と言われた。

「実はさっき、園田の専務から連絡があって、謝罪されたんだよ。園田成美が文屋さんに大変失礼なことをした、ってな」

「……彼女が自分から話したってことですか？　あの女が⁉」

「まあ落ち着け」

ありえないという思いから声を上げたら、その疑問を岡部さんが解消してくれた。

「たぶん、土曜日にお前と会ったあとだな、彼女は駅からタクシーに乗ったらしい。だが、金を持っていなかった彼女は、無賃乗車をしようとしてタクシー運転手と口論になったそうだ。その場で通報されて、警察に連行されたらしい」

「はっ⁉」

まったく自分とは関係ないところで、更なるやらかしをしていた園田成美に、すぐには状況を理解できなかった。

「専務のところに警察から身元確認の連絡がいったそうだ。それで、どうしてこういうことになったか事情を説明させたら、バーで文屋と文屋の恋人とやり合って、むしゃくしゃしたままタクシーに乗ったらお金がなかった、と話したんだそうだ」

「はあ……」

なんというか、どうしようもないなと思った。出かける前に、財布の中くらいしっかり確認しておくべきだろう。大体、今はスマホさえあればキャッシュレス決済ができるのに。

「他の決済手段を持っていなかった、ということですかね？」

「それもあるだろうけど、彼女の態度がひどかったらしい。タクシー運転手に一方的に噛みついて、絶対自分はお金を払わない、と頑(がん)として譲らなかったとか。タクシー運転手が不憫(ふびん)になるレベルだ」

「確かに」

こっくりと頷いたら、岡部さんがテーブルに頬杖をつく。

「そんなわけで、専務が俺のところに謝罪の連絡をしてきたってわけ。申し訳なかった、妹はもう二度とそちらとの仕事に関わらせないし、文屋と彼女の邪魔もさせないからと。とてもできた人だよな、あの専務は」

「それはありがたいです。でも、園田の社長はどうなんでしょうか。確か、娘さんのことを相当可愛がっていると聞いたのですが。それに彼女も、別れ際にパパに言いつけてやると捨て台詞(ぜりふ)を吐いてましたし」

これに岡部さんが噴き出した。

「何それ。面白いな。……まあ、パパを頼りたい彼女の気持ちもわからんではないけど、今園田の社長は体調があまり良くないらしい。入退院を繰り返していて、正直言って娘のやらかしをフォローするどころじゃないだろう。実質、園田を取り纏(まと)めてるのは息子の専務だ。彼がああ言ってるなら、本当に大丈夫なんじゃないか」

「そうですか……。よかったです。実は俺、今日そのことを岡部さんに話そうと思っていたんです。園田の企画からは降りるつもりでした」

打ち明けたら、岡部さんの顔色が変わった。

「おいおい、待てよ。せっかくデザインも固まって、あとは細かい調整だけだってのに。今お前に降りられたら困るんだけど」

「大丈夫です、降りません。もし問題が大きくなるようだったら、責任を取る形で会社を辞めようと思ってたんですけど、必要なくなったみたいなので」

「焦らせんなって。まあ、お前も、おかしな相手に目を付けられて大変だったな。絡まれた恋人は大丈夫だったか」

岡部さんが安堵したようにはあ～、と息を吐き出した。

「はい。おかげさまで愛も深まりましたし、問題ありません」

自信たっぷりに答えたら、これはこれで驚かれた。

「お前が愛とか口にするのを初めて聞いたぞ。よっぽど好きなんだな」

「ええ。宇宙一好きですね」

きっぱり答えたら、岡部さんが信じられないという顔をした。

「愛は文屋をも変えるんだな……」

謎の呟きを残し、岡部さんが会議室を出て行った。

――そんなに変わった自覚はないんだけど。

そんなことを思いながら、俺は晴々（はればれ）とした気持ちで会議室をあとにした。

＊

才門から園田さんの件が片付いたと連絡をもらったのは、月曜日の夜のことだった。

バイト先に向かう途中でメッセージをもらい、歩きながら確認していて思わず「嘘」と声が出てしまった。

――意外とすんなり片がついたな……いや、すんなりでもないか。

よく考えたら私が結構な被害を受けている。勝手に身辺調査をされてアパートや職場を特定されたり、過去の付き合いをほじくり返されたり。なかなかな目に遭った。

それにしても、彼女は好きな人ができるたびにこういうことをするのだろうか。

だとしたら苦労が多いというか、それこそ、まるっと受け止めてくれるような人じゃないとどの恋愛も上手くいかないのでは……

などと余計なことを考えつつバーに到着して、宮地さんにも報告する。すると、すごく安心したような顔をされた。

「いや、よかったよかった。あんなことが続くようじゃ、夏凛ちゃんが文屋さんのことを諦めちゃいそうでヒヤヒヤしてたんだよね」

「えっ。そんなことはないですけど……」

否定したのに、宮地さんがいやいや～と苦笑する。

「だって、ついこの前までもう一生恋愛はいい、一人で生きていくからお金さえあればいい、って言ってた夏凛ちゃんだよ？　せっかく恋愛する気になったのに、今回も嫌な目に遭ったら、やっぱり恋愛やめた！　とか言い出すんじゃないかと思ってさ」

「ええ？　それは………うーん。確かに、ない、とは言い切れないか……」

元彼のことで、だいぶ恋愛に懲りていたし、この先も園田さんとのトラブルが続いていたら、嫌気が差していたかもしれない。

悩む私を見ながら、宮地さんがだよね、という顔をする。

「でしょ。まああの園田って子は特殊だと思うけど、文屋君みたいに夏凛ちゃんのことをすごく大事にしてくれる人ってそういないよ。だからあんな子のせいで、彼と別れちゃうのは勿体ないと思ってたんだよ」

「……そういえば、宮地さん、いつの間に文屋さんと連絡先を交換したんですか？」

園田さんとやり合った夜。宮地さんが才門に状況を伝えてくれたおかげで、園田さんに気付かれず会話を録音することができた。言ってみれば、宮地さんのファインプレーである。

「んー？　ちょっと前かな。園田さんのことがなくても、もし夏凛ちゃんがここで働いている時に変な男に言い寄られたり、つきまとわれたりした時はすぐに連絡をくれって連絡先を置いていってくれたんだ。その時に、文屋君は若いけど、いい男だなって思ったんだよね」

「……そうだったんですか……」

全然知らなかった。

ていうか、万が一に備えて宮地さんに連絡先を渡しておく才門、イケメンすぎない？

「私の彼氏、かっこいいですね……」

「ねー。大事にしてあげなよー。俺としては夏凛ちゃんがここを辞めちゃうのは残念だけど、彼とは幸せになってほしいからね。文屋君と末永くお幸せに」

「はい……ありがとうございます。残りの数日も、はりきってお仕事しますので、よろしくお願いしますね！」

このバーでのバイトもあと僅か。すっかり慣れたダブルワーク生活も、終えるとなると少し寂しい。でも才門がいるから、まあいいかな、と。

仕事の最中ずっと彼のことを考えていたら、すごく会いたくなってしまった。

――そうか、ダブルワークをしないなら、会いたい時に会いに行くこともできるんだよね……

なんて、今更そんな当たり前のことを思ってしまい、一人で笑ってしまう私なのだった。

「まあ、そんなわけで、ずっとダブルワークをしてたんだけど、やめることにしたの」

セレクトショップの仕事中。

お客様の流れが切れたので、ダブルワークをしていたことを富樫さんに打ち明けた。

やっぱりというか案の定というか、打ち明けた直後の富樫さんはとても驚いていた。

「ダッ……ダブルワーク‼　店長の仕事をやりつつ、ここが終わったらバーでバイトって……信じられない。明らかに働きすぎですよ……なんでそんな生活してたんですか‼」

まるで目眩がする、みたいなリアクションをされてしまい、こっちはすみません……と小さくなることしかできない。

「文屋さんと付き合うまでの私って、お金を稼ぐことにかなり執着してたから。でも、それを言ったら絶対働きすぎだからやめろって言われるじゃない？　富樫さんにそれを咎められたくなかったのよね」

「いや、言うでしょ。て言うか、よく体がもちましたね。私だったら絶対無理ですよ」

「そこら辺は親に感謝かな〜。なんだかんだ言って私、体が丈夫なんだよね」

ははは……と笑っていたら、笑い事じゃないですよと怒られた。

「それよりもダブルワークのことは、うちのオーナーも知ってたんですか？」

「うん。でも、ほどほどにねとは言われてた。バイト先がオーナーのお姉さんが経営してるバーだからこそ、許してくれたのかもしれないけど」

もう、と腕を組んでいる富樫さんだったけれど、すぐに表情を緩めてくれた。

「でも、彼氏さんが心配してくれたから、ついにダブルワーク生活をやめる決心がついた、ってことなんですよね？」

「ん？　まあ、そういうことになるかな……。これ以上心配かけたくないなって思えるようになったし。それに、彼と過ごす時間を増やしたいと思って。今って、週末くらいしかゆっくり会えないのよね。たまに向こうから会いに来てくれたりしたけど、仕事が終わってからだとどうしても遅い時間になっちゃって、アパートに戻ってもすぐ寝ないといけないし……」

こっちは真剣に話しているのに、途中から富樫さんがニヤニヤしていて、気が削がれる。

「……あの。なんでそんなに嬉しそうなの……」

「ええー？　だって、あれだけもう恋愛はいい！　これからは一人で生きる、お金大事‼　って言ってた人が……と思って。すっごい変化ですよね！」

「そうだねえ……私もびっくりしてる。恋愛する気すらなかった私の気持ちを変えてくれた彼には感謝してるし、すごいなって思ってるよ。付き合ってみたら年齢差も気にならないしね？」

あはは、と富樫さんが笑う。

「ですよ。私の友達でも年下の男性と結婚した人がいますけど、年下ってことを忘れてるって言ってましたよ。意外とそんなものなのかもしれませんね」

「確かに。文屋さんも普段話してて年下って感じがしないもの。むしろ私よりしっかりしてるかもしれない……」

カウンター内で女二人が話していたら、突然バックヤードからオーナーが出てきた。

「女同士で楽しそうだね。俺も交ぜてよ」

さっきまで知り合いの店のオープニングパーティーに参加していたということで、今のオーナーはスーツ姿。仕立てのいい上質な細身のスーツは、オーナーのスタイルの良さをいっそう際立たせている。

「ほんと、オーナーってスーツ似合いますね。女性に声かけられませんでしたか？」

富樫さんがオーナーを眺めながらしみじみ呟くと、それに対しての答えを顔で表すように、オーナーがにっこりする。

「なんで知ってるの？　そうなんだよ、三人くらいから食事に行きませんか～って誘われちゃった。こんなアラフィフのおじさんなのに、それでもいいんだって」

あっはっは、と自慢げに笑っていたオーナーだったが、突然何か思い出したように「あ」と表情を引き締めた。

「そうだ。蔦さんさ、文屋さんに仕事を頼みたいんだけど。俺から彼に直接連絡してもいいかな？」

「え。仕事ですか？　連絡するのは構わないと思いますけど」

「わかった。できれば蔦さんからも、彼に頼んでおいてほしいんだけどさあ。どう？」

「……仕事内容によりますけど、どういった依頼なんですか」

尋ねたら、オーナーの目がキラッと光った。

「実はね、また新しい店を出すことにしたから、その店のロゴをお願いしたいんだ。あと、もしよかったら、店で出すオリジナル商品のデザインもお願いしたいと思ってるんだよ」

新しい店を出すなんて初耳で、私も富樫さんもぽかんとしてしまった。

――オーナーはすでにこの店と、私が前に勤めていたアパレルショップを出しているのに。今度はどんな店を出すというのだろう……？

「ん？　新しい店？　あのオーナーがまた店出すの？」

週末の金曜日の夜、バイトが終わって才門の部屋に行きオーナーの話を伝えた。

いつもなら、土曜日もセレクトショップの仕事があるので彼の部屋に来ることはないのだが、オーナーから早く文屋さんに確認してきてくれないかと頼み込まれたため、急遽土曜の午前中に半休を取ることになった。

そういう事情もあり、彼の部屋に到着するなり、早速そのことを伝えたのである。

「そうなの。今度はねえ、北欧テイストの家具をメインに扱う店なんだって。才門にお願いしたいのは店のロゴデザインと、可能なら店と若手デザイナーとのコラボ商品企画への参加。あと、ゆくゆくは家具のデザインもお願いできないかって」

ずっと真顔で話を聞いていた才門の眉が、ピクッとした。

「オリジナルの家具のデザイン、か……」

「オーナーはどうしても才門や、才門の会社の人にお願いしたいって言ってたよ。他の会社に依頼を出すつもりはないって。もしかしたら私に気を遣ってるのかな……」

はっきりそう言われたわけじゃないから確証はないけれど、オーナーってさらっと気を遣ってくれることがある。

前の店にいた時に元彼と別れて、彼に職場を知られているから異動したい、と言った私に、二つ返事ですんなりＯＫをくれ、しかも前の店舗とは距離のある店を選んでくれた。

バイトだって、もっと稼ぎたいんでバイトしたいです、副業はＯＫですか？　と質問した私に、だったらいいところがあるよ、とお姉さんのバーを紹介してくれたのもオーナー。

思えばここ数年、私はオーナーのお世話になりっぱなしなのだ。

「ふっ。オーナー、いい人だよね。最初はイケオジだからちょっとジェラッたけど、ちゃんと夏凜のことを考えてくれてるし、優しいし。普通雇い主ってだけでそこまでしてくんないだろ。今度は夏凜だけでなく、夏凜の恋人である俺にまで仕事振ってくれてさ」

「でしょ。本当にいい人なんだよ。私もああいう風に年を取りたいものよ」

「大人の見本、てことか。わかった。依頼に関しては俺から社長に確認取ってみる。それでOKが出たら正式に引き受けるよ。元々家具のデザインって一度やってみたいって思ってたから、ありがたいよ」

才門本人からは快い返事をもらえて、私もホッとした。

「よかった。じゃあそれ伝えておくね。才門からもオーナーに連絡しておいてくれるかな？」

「わかった」

頼まれ事が片付いて、気持ちが楽になった。

せっかく明日は半休をもらったので、今夜は才門とのんびり過ごすことにした。

「のんびりっていうか、甘い夜だけどな」

才門がこんなことを言って私を笑わせる。でも、実際にこのあと、甘くて幸せな時間を過ごしたのだった。

園田さんと一悶着あった数ヶ月後、私、蔦夏凛の生活は激変した。

まず、夜のバイトをやめた。それにより仕事は昼間のセレクトショップだけになったのだが、うちのオーナーが新しく始めた家具店でも週の半分働くようになり、二店舗を掛け持ちする生活となった。

というのも、昨今の人手不足の影響もあり、なかなか新店舗の働き手が見つからなかったからだ。辛うじて応募があった二名で回すのも限度があるということで、しばらくの間、私や富樫さんがヘルプで行くことになったのだった。

その家具店は繁華街から少し離れた場所にある。セレクトショップからは車で二十分くらいの場所だ。近くには閑静な住宅街があり、ワンランク上のお洒落空間に仕上がった店の中には、若手のデザイナーが担当した家具や小物などが置かれている。

最初は売れるかどうかヒヤヒヤしていたが、オーナーが培った人脈によりぼちぼち固定客もつき、家具も順調に売れ始めた。アクセサリーやちょっとした小物入れなどの雑貨も大人気で、それを目当てに来店する人も増えてきていた。

とりあえず経営もまずまずというところで、オーナーをはじめ関係者皆が胸を撫で下ろしているところである。

そして変わったことがもう一つ。私の名字が蔦から文屋に変わったことだ。

あのボロアパートから彼の部屋に引っ越し、新しい生活を始めて数週間後。彼がいきなりパカッと小さなケースに収められた指輪を見せながら、プロポーズしてきた。

『文屋夏凛にならない？』

今日の夕飯何？　みたいに軽い感じで言われて、思わず『へ？』と、間抜けな声が出てしまった。でも用意された指輪と、真顔の才門を見た瞬間に彼の本気を感じて、感極まってしまった。

『い……いいの？　才門まだ二十六でしょ？　結婚するには早いんじゃ……』

『全然？　俺よりも若い時に結婚したヤツなんかいくらでもいる。俺には夏凛しかいないんだから、結婚のタイミングを引っ張ったって仕方ないだろ？』

そんな風に言われてしまうと、私だって彼以外に結婚したいと思える人はいない。お互いが、お互いしかいないと考えているなら、結婚するのは自然の流れと言える。

『……はい。どうぞよろしくお願いします』

ダイニングテーブルで向かい合いながら、テーブルにぶつかりそうなほど頭を下げた。顔を上げると、彼も同じように頭を下げていた。

『こちらこそよろしくお願いします』

顔を上げた彼と顔を見合わせて、自然と笑顔になった。

『知り合った時は夏凛、俺のこと苦手そうだったのになあ』

『……だって、感じ悪かったし。いくら顔が良くても、あの態度はね』

知り合った時のことを思い返すと、お互い苦い顔になる。

『まあね、あれは未だに後悔してる……。でも、最初の印象が悪いと、何気なくやったいいおこないがより良く見えたりしない？』

『……そうかも……。それかな。私がコロッと才門に惚れた理由』

『かもな！』

機嫌が悪い時は本当に心底感じが悪いけれど、仲良くなってから時折見せるようになった少年のような笑顔が、たまらなく可愛いのだ、うちの才門は。

——まあ、これが惚れた弱みというやつか……

『一生仲良くやっていこうね、夏凛』

『うん』

こんな感じでプロポーズというものを経験させてもらい、テンションが上がった勢いのままお互いの両親に会いに行き、挨拶を済ませて、無事に婚姻届も提出。ついに新婚生活が始まった。

とはいえ、普段はお互いに仕事をしているので、あまり大きな変化はない。ただ、帰宅したら彼が同じ部屋に帰ってくるという、当たり前のことに幸せを感じる日々である。

あれ以来園田さんも才門に絡んでくることはなくなった。

それに加え、才門がさっさと周囲に結婚したことを公表したので、彼に言い寄ってくる女性はいなくなったらしい。

『俺、会社ではめちゃくちゃ愛妻家で通ってるんで』

自信たっぷりにそんなことを言ってくる才門にきゅんとした。

とりあえずは、このあと予定している結婚式でお世話になった人達に幸せのお裾分けができればいいな。

そんなことを考えながら、今日も仕事中、薬指に嵌まっている、彼のデザインした結婚指輪を眺め、幸せを噛みしめる私なのであった。

〜大人のための恋愛小説レーベル〜

# エタニティブックス ETERNITY

## お見合い相手は溺愛ド執着系!?
## 破談前提、身代わり花嫁は堅物御曹司の猛愛に蕩かされる

エタニティブックス・赤

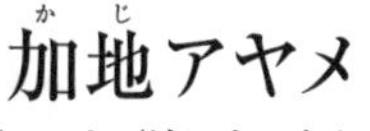

加地（かじ）アヤメ

装丁イラスト／沖田ちゃとら

長年、天然の姉の尻拭いをしてきた和菓子店勤務の優季（ゆうき）。そんなある日、取引先の御曹司とのお見合い直前に、姉の妊娠が発覚！ 困った時の妹頼みとばかりに泣きつかれ、やむなく代わりにお見合いすることに。相手の御曹司・智暁（ちあき）へは、はっきりお断りすると告げたはずが、なぜか予想外の猛アプローチに翻弄されることに!? マイナスから始める、王道♥玉の輿ラブ！

※エタニティブックスは大人の女性のための恋愛小説レーベルです。ロゴマークの色で性描写の有無を判断することができます（赤・一定以上の性描写あり、ロゼ・性描写あり、白・性描写なし）。

詳しくは公式サイトにてご確認ください。
https://eternity.alphapolis.co.jp/

愛され乱される、オトナの恋。溺愛主義の恋愛レーベル

**Eternity BOOKS**

## 憧れの人は独占欲全開の肉食獣⁉
# 難攻不落のエリート上司の執着愛から逃げられません

**Adria**（アドリア）

装丁イラスト／花恋

父親が経営する化粧品メーカーで働く椿（つばき）。仕事が大好きで残業ばかりの日々を送っていたところ、ある日父親からお見合いを持ちかけられてしまう。遠回しに仕事を辞めろと言われているように感じた椿は、やけになってお酒に溺れ、商品開発部の部長・杉原良平（すぎはらりょうへい）に処女を捧げる。「酒を理由になかったことになんてさせない」誰のアプローチにもなびかないと噂の彼は、実はドSなスパダリで……⁉

詳しくは公式サイトにてご確認ください。
https://eternity.alphapolis.co.jp/

この作品に対する皆様のご意見・ご感想をお待ちしております。

おハガキ・お手紙は以下の宛先にお送りください。

【宛先】

〒150-6019 東京都渋谷区恵比寿 4-20-3 恵比寿ｶﾞｰﾃﾞﾝﾌﾟﾚｲｽﾀﾜｰ 19F
（株）アルファポリス　書籍感想係

ご感想はこちらから

メールフォームでのご意見・ご感想は右のＱＲコードから、
あるいは以下のワードで検索をかけてください。

アルファポリス　書籍の感想

一筋縄ではいかない年下イケメンの甘く過激な溺愛

加地アヤメ（かじ あやめ）

2025年 2月 25日初版発行

編集－本山由美・大木 瞳
編集長－倉持真理
発行者－梶本雄介
発行所－株式会社アルファポリス
〒150-6019 東京都渋谷区恵比寿4-20-3 恵比寿ｶﾞｰﾃﾞﾝﾌﾟﾚｲｽﾀﾜｰ19F
TEL 03-6277-1601（営業） 03-6277-1602（編集）
URL https://www.alphapolis.co.jp/
発売元－株式会社星雲社（共同出版社・流通責任出版社）
〒112-0005 東京都文京区水道1-3-30
TEL 03-3868-3275
装丁イラスト－海月あると
装丁デザイン－AFTERGLOW
（レーベルフォーマットデザイン－hive&co.,ltd.）
印刷－中央精版印刷株式会社

価格はカバーに表示されてあります。

落丁乱丁の場合はアルファポリスまでご連絡ください。

送料は小社負担でお取り替えします。


ISBN978-4-434-35326-0 C0093